W0179515

Klaas Huizing

Das Ding an sich

Eine unerhörte
Begebenheit aus dem Leben
Immanuel Kants

———

Albrecht Knaus

Umwelthinweis:
Dieses Buch und sein Schutzumschlag wurden auf chlorfrei gebleichtem Papier gedruckt.
Die vor Verschmutzung schützende Ein-
schrumpffolie ist aus umweltschonender
und recyclingfähiger PE-Folie.

Der Albrecht Knaus Verlag
ist ein Unternehmen der Verlagsgruppe Bertelsmann

1. Auflage
© Albrecht Knaus Verlag GmbH, München 1998
Gesetzt aus 11.9 auf 14 pt. Fournier
Satz: Filmsatz Schröter GmbH, München
Printed in Germany · Presse-Druck, Augsburg
ISBN 3-8135-0084-5

Für Birte und Lea

Alle Menschen irren, nur Kant irrt anders.

MARTIN LAMPE

Inhalt

Kants Schädel,
Aufnahme aus dem Jahr 1880

Prolog: Kants Schweigen

Zu meinem siebenundzwanzigsten Geburtstag, der, wie von mir lange geplant, mit dem Abschluß der Rohfassung meiner Dissertation über «das radicale Böse» in Kants Schrift «Die Religion innerhalb der Grenzen der bloßen Vernunft» zusammenfiel, schenkte mir eine Freundin, die damals glaubte, mich zu lieben, ein merkwürdiges Buch, das mein Leben veränderte: *Ueber den Schädel Kants. Ein Beytrag zu Galls Hirn- und Schädellehre von Dr. Wilhelm Gottlieb Kelch.*

Ich glaubte, alles von und über Kant zu kennen, in diesem Text aber stieß ich auf eine scheinbar unbedeutende Notiz, die meine Dissertation zur Makulatur werden ließ.

Dr. Wilhelm Gottlieb Kelch, Privatlehrer der Medizin und Leiter der Königsberger Pathologie, gehörte neben Professoren der Anatomie und der Physiologie einem Komitee zur Wiederherstellung der verwahrlosten Grabstätte Kants an, das ihr pietätvolles Anliegen mit nicht ganz uneigennützigen wissenschaftlichen Studien verband, um nun auch am Schädel Kants Spuren seiner Genialität zu entziffern. Am 24. Juni 1880 wurde dessen Gruft, im sogenannten «Professoren-Gewölbe» an der nordwestlichen Langseite der Domkirche zu Königsberg gelegen, aufgedeckt.

Die Ergebnisse der Untersuchungen von Prof. Carl

Kupffer verraten das schlichte Entzücken des Anatomen über das Volumen von Kants Gehirn:

> Ungefähr aber läßt sich sagen, daß der Binnenraum der Schädelkapsel von *Immanuel Kant* sich um 200 bis 300 ccm über das Mittel männlicher europäischer Schädel der Gegenwart erhebt. Der Schädel umschloß demnach ein voluminöses Gehirn.
>
> Während die Länge und Höhe der Schädelkapsel mittlere Verhältnisse nicht überschreiten, erweist sich die Breite als sehr bedeutend; denn bei einer Länge von 182 mm und einer geraden Höhe von 132 mm erreicht die größte Breite einen Wert von 161 mm. Nach dem Verhältnis der Länge zur Breite gehört dieser Schädel mithin in die Kategorie der ausgeprägtesten Kurzköpfe, der Hyperbrachycephalen. Als Ausdruck dieses Verhältnisses dient die Ziffer 88,5 für den Längen-Breiten-Index.
>
> Bei der noch schwebenden Frage, ob der steigenden Intelligenz eine Zunahme der Breitendimension der Schädel parallel gehe, werfen die Verhältnisse des vorliegenden Schädels ein bedeutendes Gewicht zu Gunsten dieser Anschauung in die Wagschale.

Sehr viel differenzierter sind die Ergebnisse, die Dr. Kelch zur Gallschen Hirn- und Schädellehre beisteuerte. Ich zitiere einige Auszüge.

Die Organe des Zahlengedächtnisses.

Die Stirne erhält von der Gegenwart dieser Organe und deren vorzüglicher Entwicklung, da wo ihre Fortsätze mit den Jochbeinen sich verbinden, eine beträchtliche Breite, und zu beiden Seiten eine nach außen stark hervorragende Umbeugung, die ihr unten eine eckige Form geben. Die Decken der Augenhöhlen werden dadurch an den Stirnecken nach innen gewölbt, wodurch die Gruben für die Tränendrüsen gänzlich verschwinden, und die Augen mehr vorwärts geschoben werden, so daß sie ein schielendes Ansehn erhalten.

Kants Stirne kommen diese Merkmale bis auf wenige Abweichungen zu. Die untere Breite der Stirne nämlich ist im Verhältnis mit der an der Kranznaht schmal. Die Stirnecken hingegen sind scharf nach außen ragend, und geben der Stirne unten ein eckiges Ansehn; ihre Schärfe behalten sie ungeachtet ihrer allmählichen Abnahme ohngefähr einen Zoll hoch über die Augenhöhlenwinkel, und hier verschwindet sie allmählich in die durch die Bedeckungen des Schädels noch fühlbaren Spurlinien der Schlafmuskeln. Die Decken der Augenhöhlen sind aber an den Stellen, wo die Tränendrüsen liegen, gleichfalls ausgehöhlt.

Die Organe zur Liebe der Wahrheit.

Diese Organe geben dem Schädel am hintern Teile der Pfeilnaht von der Auswölbung für die Organe des

Ehrgeizes bis zur Spitze des Hinterhauptsbeins eine runde continuierlich fortlaufende Bildung.

Bei Lügnern ist an dieser Stelle eine Vertiefung.

Kants Schädel zeichnet sich an dieser Stelle durch eine drittehalb Zoll breite und runde Abplattung aus, welche hinter jener Furche bis zur Spitze des Hinterhaupts geht. Um diese Abplattung wölbt sich der Schädel gleichförmig zu seinen beiden Seiten.

Die Organe des Geschlechtstriebes.

Die Organe des Geschlechtstriebes stellen sich an der Basis des Schädels durch zwei kuglichte Erhabenheiten am Hinterhaupte dar, und verraten sich bei ihrer stärkeren Entwicklung durch einen breiten Nacken. Diese Bildung am Schädelgrunde wurde an dem Kantschen Schädel gänzlich vermißt. Nur unbeträchtliche Hervorragungen am Hinterhauptsbeine, die an keinem Schädel fehlen, ließen sich fühlen, und diese gaben dem Nacken einen unbedeutenden Umfang.

In meiner Studenten-WG wurde diese Schädelkunde während der folgenden Wochen zu einem beliebten Gesellschaftsspiel. Immer neue Anlagen konnten wir bei Kant entziffern. Paul, heute Leiter eines Marketing-Büros, deutete die linke, auffällig große Ausbuchtung für die Tränendrüse, auf die Dr. Kelch die Aufmerksamkeit lenkt, als Hinweis auf eine unterdrückte Trunksucht, und Edith, seit Jahren persönliche Referentin des bayerischen Kultusministers, dechiffrierte die nervöse Spur der

Kranznaht am Hinterkopf als latente Rechtschreib-schwäche.

Und vielleicht entdecken auch Sie, wenn Sie sich et-was Zeit für diese leicht dekadente, aber doch amüsante Schädelbasislektüre nehmen, noch weitere — selbstre-dend außergewöhnliche — Eigenschaften.

Bei dieser alles überragenden Vernünftigkeit, die der Schädel Kants unzweideutig verrät, erwarten Sie aber si-cherlich keine sentimentalen Grabbeigaben. Um so mehr wird es Sie — wie auch damals mich — überraschen, daß in dem Sarg Kants eine Scherbe mit einem seltsamen Ab-druck gefunden wurde.

Der Photograph Rosenow, der auch Kants Schädel aufnahm, hat diese Scherbe — in bedauerlich schlechter Qualität — abgelichtet. Sie findet nur eine kurze Erwäh-nung im abschließenden Bericht des Komitees:

Am 17. Juli 1880 wurde in der eigens errichteten ge-schlossenen Kapelle im gotischen Stile Kants erhabe-ner Schädel, die Reste des Skelettes, eine Metallplatte mit der Aufschrift

CINERES
MORTALES
IMMORTALIS
KANTII

und der Teil-Abdruck einer sehr alten menschlichen Extremität (links), festgehalten auf einer Scherbe, deren Material nicht mit Exaktheit bestimmt werden konnte, in einem metallenen Sarge während einer schlichten Feierstunde von neuem beigesetzt.

Ehre seinem Andenken.

Über diese Grabbeigabe ist in der Literatur zu Kant, soweit mir bekannt, gar nicht gerätselt worden, sie wurde offensichtlich stillschweigend als Grille und Verschrobenheit des alten Kant abgetan. Ich habe über die Gründe Kants, diese Scherbe mit ins Grab zu nehmen, lange gerätselt. Darf man hier Reste eines lebenslang verschwiegenen Aberglaubens vermuten? Vielleicht einen Hinweis auf eine heimlich ausgeübte Religionspraxis? Oder war diese Scherbe schlicht Kants Seligkeitsding?

Je länger ich Kants Schädel betrachtete, desto weniger konnte ich aus ihm klug werden.

Nach ausgedehnten (leider von keiner Forschungsgemeinschaft geförderten) Studienreisen und der mühevollen Auswertung der von mir in den (oft ungeheizten) Archiven aufgestöberten Quellen (diese Jahre wirken in meinem wissenschaftlichen Lebenslauf wie eine Leerstelle, ich bin siebenunddreißig und noch immer nicht promoviert, mein ältester Freund hat bereits einen Lehrstuhl, und jene Freundin, die mir das Buch schenkte, ist längst Oberstudienrätin und zweimal geschieden!) halte ich es für sehr wahrscheinlich, daß ursprünglich nicht Kant, sondern dessen Freund Johann Georg Hamann – eventuell auch Johann Caspar Lavater, der in den Briefen vereinnahmend von «unserem Fund» spricht – Besitzer dieser Scherbe gewesen ist. Inzwischen ist mir auch hinreichend klargeworden, warum Kant so hartnäckig über diesen Gegenstand, der ihm immerhin so wichtig war, ihn mit ins Grab zu nehmen, geschwiegen hat: Dieser Gegenstand paßte offensichtlich nicht in sein Weltbild und Kant hat – fraglos aus Menschenliebe – darüber geschwiegen. Aus postumen Aufzeichnungen geht nur hervor, Kants Diener Lampe habe im Auftrag Kants wiederholt Forschungsreisen zur genaueren Bestimmung eines «Objectes» unternommen.

Ein von mir sehr ausführlich begründeter Antrag an die zuständigen Stellen in Kaliningrad (ehemals Königsberg), Kants Gruft noch einmal aufzudecken, um mit neuen wissenschaftlichen Methoden dem Geheimnis dieses Abdrucks auf die Spur zu kommen, wurde mit – wie ich finde – extrem windigen Argumenten abgelehnt. Ich habe mich deshalb entschlossen, an die Öffentlichkeit zu gehen. Auf Anraten guter Freundinnen verzichte ich auf eine wissenschaftliche Dokumentation und wähle die Form der Erzählung, die hoffentlich ein breiteres Interesse findet und den (auch journalistischen!) Druck auf die zuständigen Beamten in Kaliningrad erhöht. Erst wenn in dieser Frage Klarheit herrscht, darf man es wagen, die Biographie Immanuel Kants neu zu schreiben.

Ich wäre – ohne Rücksicht auf meine künftige Karriere – dazu bereit. Notfalls würde ich mich noch einmal für ein Jahrzehnt in die Archive einsperren lassen.

In Kants Grab aufgefundende Scherbe mit
dem Teilabdruck einer menschlichen Hand
(Material und Herkunft unbekannt)

Ein unmoralisches Angebot

Es war einmal ein Handlungsreisender, ehemals Student der Theologie, Philosophie, Juristerei und Philologie in Königsberg, danach mäßig erfolgreicher Privatlehrer in Livland und Kurland, bis ein mitfühlender Freund aus Riga ihm unter die Arme griff, ihn in seiner Firma einstellte und genau zu dem Zeitpunkt, da Kant über der Frage brütete, «Ob die Westwinde in unsern Gegenden darum feucht seien, weil sie über ein großes Meer streichen», auf eine Reise über Berlin, Lübeck, Bremen und Amsterdam nach London schickte, um wichtige Geschäfte zu tätigen – und dieser Handlungsreisende hieß Johann Georg Hamann.

Sie treffen Johann Georg Hamann nahe Vauxhall Gardens in einer sehr bescheidenen Pension an, die einem Bediensteten des großen Handelshauses Berens aus Riga eigentlich nicht angemessen ist. Die flackernde Lichtpfütze der einzigen Öllampe im Zimmer verdichtet am Abend das Bild, das sich tagsüber dem Blick bietet: An der nur mannshohen Decke und an den verrußten Wänden entdecken Sie eingetrocknete Wasserflecken, die an Flußläufe erinnern oder an Kontinente, die über Nacht wie aus dem Nichts entstehen und von Ungeziefer bewohnt und bereist werden: Das könnte Indien sein, und diese Linie dort der Pregel, der auf dieser Karte allerdings nicht durch Königsberg, sondern in Spanien fließt. Vor dieser Landkarte hätte Hamann ganz unbeschwert mit seinen ehemaligen Schülern Geographie treiben können, aber die Häuser seiner Zöglinge im hohen Norden waren trocken und sauber, so trocken und sauber wie die Gehirnrinden der ihm anvertrauten Kinder.

Abends dringt der Lärm aus den engen Gassen in seine Kammer, als seien die Zimmerwände Membrane, und das *Hoiiiiiaaah-hoiiiiiaaah*-Geschrei der Kutscher scheint ihm zu gelten, der sich stets noch halbschläfrig aufbäumt, die schweren Lider kurz öffnet, hört, wie Dreckspritzer gegen die Scheiben klatschen, dann folgt der Knall der Peitsche *pfffffäng*, und Hamann, der gerne und viel schläft, fällt erschöpft in die muffigen Kissen zurück.

Brot und Spiele, denkt er und liefert, weil noch nicht lange genug aus den Diensten eines Privatlehrers entlassen, sofort die lateinische Übersetzung mit: panem et circenses.

Jetzt huscht wieder ein Licht über den Flur. Seine Zimmertür schließt schlecht. Ein fingerdicker Spalt wird nachts zwar durch zwei schmutzige Rüschenhemden abgedichtet, aber Lichtritze an den Türpfosten melden, noch bevor er die schlurfenden Schritte auf dem Gang hört, jede neue Störung, begleitet von leisem Gekicher, nur mäßig gedämpftem Grölen oder aufgeregt flüsternden Stimmen. Wie viele Menschen wohnen hier nur, wundert sich Hamann jedesmal und wartet, bis das Licht verschwindet. Nur noch einmal, wenn eine Tür knarzend aufspringt und krachend ins Schoß fällt, kann er einzelnen Gästen Geräusche anlasten, Geräusche, die dann zu einer Glocke verschmelzen, die in seinem Kopfe widerhallt. Hamann döst zumeist nur vor sich hin und beschränkt den Aufenthalt im Bett auf wenige Stunden.

Meistens sitzt er bis zum Morgengrauen am kleinen Tisch, dessen schrundige Platte er mit einem wollenen Rock abgedeckt hat – leider zeugen Kleckse von einer unachtsamen Umgangsweise mit dem Tintenfaß –, und schmökert wie besessen: in sechs Nächten den «Pausanias», die alte Geschichte Griechenlands, die allerdings zum Lesen von Verträgen nur wenig Hilfe bietet. Jede durchlesene Nacht fügt seiner Gehirnkammer einen neuen Papierstapel hinzu, der von Hamann inventarisiert und in imposanten Regalen untergebracht wird, die nur über labyrinthisch verschlungene Gänge erreichbar sind und die er wie sein eigener Bibliothekar durchwandert:

Hier geht es hinauf zur «Dorischen Wanderung». Und hier, man achte auf, weil das Treppengeländer etwas morsch, findet Er Unterlagen über den «Peloponnesischen Krieg». Nach einer Übersetzung der Odyssee gelüstet es Ihn? Da nehme Er die Übersetzung von Alexander Pope …

Wenn da nicht die Amtsgeschäfte wären! Jene schleppenden Verhandlungen, die Tage dauern, bis Hamanns verknöcherter Geschäftsverstand einen Ermüdungsbruch erleidet und er unterzeichnet, was gegen alle Vernunft spricht. Und der zur Feier des Tages eingeschenkte Alkohol brennt noch abends Teile seiner Gehirnkammerbibliothek ab. Ein Alexandria im Kopf.

Wenn Hamann liest, dann vergißt er für Stunden die tief im Innern der Pension unterdrückten, erstickten und unheimlichen Geräusche der Nacht, das leise Knarzen und Schaben in den Nebenzimmern, als würden Stühle verrückt, aus dem Parterre dringt in regelmäßigen Abständen ein Pochen nach oben, vielleicht eine Wasserader, die auf dem Weg zur Themse sich verirrt hat, oder ein Minenarbeiter aus dem Norden, dem es unter Tage ein wenig an Orientierung gebricht. Schreit dort nicht eine Frau? Schlägt hier Fleisch auf Fleisch? In diesen Augenblicken hilft nur das Lesen.

Wenn Hamann liest, dann gibt auch sein nervöser Magen endlich Ruhe, der täglich auf den Geruch angebrannter und saurer Milch, den das Gasthaus überall ausschwitzt, nervös reagiert. Öffnet er das Fenster, dann strömt augenblicklich der stechende Gestank von Urin, Pferdemist und Unrat herein und vermischt sich mit dem Gestank der angebrannten Milch zu einem Parfüm der Unterwelt, das ihm die Idee der Vorhölle, die er erst jüngst ad acta gelegt hatte, nun doch wieder als real existierende Möglichkeit wahrscheinlich macht. «All the perfumes of Arabia», flüstert er in diesen Augenblicken, um seinen Geruchssinn zu täuschen und seine Magennerven zu beruhigen. Wenn Hamann liest, dann vergißt er.

In dieser Nacht ist Johann Georg Hamann nicht allein. Neben ihm auf einem Stuhl sitzt ein untersetzter alter Mann, die Beine angewinkelt, die Hände über dem Bauch verschränkt, und schläft. Eine auf den ersten Eindruck gepflegte Erscheinung: sauber geputzte und silberbespangte Schuhe, ein ordentlich gebürsteter Gehrock, eine sorgfältig gepuderte Perücke. Wenn da nicht die Trauerränder unter den Fingernägeln wären, die den Eindruck erzeugen, als habe der Alte mit den Händen im Dreck gearbeitet und noch keine Zeit gefunden, sie gewissenhaft zu säubern.

Immer wenn der Alte ausatmet, fallen seine Wangen ein, werden zu Tälern mit tiefen Furchen, einer ausgetrockneten Flußlandschaft gleich, und die braunen Altersflecken sind die großen Steine in der Furt. Aber dann wölben sich die Wangen mächtig nach außen, werden für Augenblicke glatt und pausbäckig, bis die Luft durch die wulstigen Lippen geräuschvoll wieder entweicht: *rrrruachhhhh.* Dabei wackelt der Dreispitz, den der Gast partout nicht hatte ablegen wollen, auf dem Kopf, bleibt aber an vorgesehenem Ort, würde auch notfalls von der imposanten, auffällig roten und geäderten Nase mit den häßlichen Karbunkeln, vielleicht auch schon bereits von den buschigen grauen Augenbrauen aufgehalten.

Seine Augen? Seine Augenfarbe ließ sich bisher nicht genau bestimmen, denn von diesen Augen ging im Wachzustand ein gewaltiges Leuchten aus, heller noch als ein Lichtfeuer, das den Schiffen Orientierung verspricht. Immer wenn Hamann bisher den Alten anschaute, wurde er geblendet, hob unwillkürlich zum Schutz der Augen die Hand und senkte dann die Lider. «Find your world», sagte der Alte in diesen Pausen immer mit starkem Akzent. «Find your world.»

Jetzt, da er schläft, ist von dem Alten nur dieses monotone *rrrruachhhhh – rrrruachhhh – rrrruachhhh* zu vernehmen.

Und Johann Georg Hamann, inspiriert von diesem Schnarchen, greift zur Feder und notiert Betrachtungen über seine merkwürdige Reise, denn will er klar denken, dann muß er seine Gedanken auf Papier festhalten, muß ihnen gleichsam eine testamentarische Form geben, sonst scheinen sie ihm nicht gültig. Hamann ist ein Notar seiner Gedanken. Und er hat Grund, einen klaren Kopf zu bewahren.

Soll er wirklich auf das Angebot des greisen Russen eingehen, das dieser ihm vor einer Stunde gemacht hat und der seitdem selig schläft? Kann er diesem alten Mann vertrauen? Übermäßig häufig hatte er während der letzten Monate wie ein Tölpel gehandelt. Nahezu jeder, den er auf dieser Reise kennengelernt hatte, mißbrauchte seine Leichtgläubigkeit.

Zunächst Friedrich Klein in Amsterdam.

Nach einer umständlichen und wegen Überschwemmungen auch teilweise beschwerlichen Fahrt mit einer Extrapost von Bremen über Delmenhorst, Wilshausen, Klappenburg, Löningen, Lingen, Neuhus, Uelsen, Hartenberg, Zwolle und Amersfort hatte Hamann am 17. Februar 1758 Amsterdam erreicht und stieg im Wirtshaus *De Melkweg* ab. Alle deutschsprachigen Reisenden stiegen hier ab, denn der Wirt, Cees van der Hijden, vierschrötig, glatzköpfig, fröhlich und laut, verstand ein bißchen Deutsch, begrüßte jeden Gast mit ausgebreiteten Armen: *Er kommt als Fremder und geht als Freund*, und hatte gute Beziehungen, um Passagen auf einem Kahn über Leyden nach Rotterdam und von dort aus im Paquetboot nach England zu buchen.

So etwas sprach sich schnell herum.

Von außen wirkte das Gasthaus wenig einladend. Unentschlossen stand Hamann lange vor dem Gebäude, weil er sich nicht traute, unter dem Schild, das sich an einer Seite aus der Verankerung gelöst hatte und bei jedem böigen Windstoß gegen die Mauer schlug, hindurchzugehen. «Schwachheit, dein Name ist Weib, Frailty, thy name is woman», ermunterte sich Hamann, der seit Tagen Englisch übte, und enterte mit eingezogenem Kopf das Gasthaus, wo Cees van der Hijden ihn sofort in seine Arme schloß, seinen berühmten Satz sprach und ihm das beste Zimmer überließ. Schnell fühlte Hamann sich wohl.

Die noch tiefstehende Februarsonne schaute häufig in die leicht rußverschmierten und mit kleinen Ziergardinen bestückten Fenster hinein. Eingerichtet war das Zimmer wie eine Kajüte, und Hamann legte sich zwei Stunden in die Koje und probte die Überfahrt. «Put money in thy purse», ermahnte sich Hamann, als sein Hunger ihn überredete aufzustehen.

In der geräumigen Wirtsstube, in der zähe Rauchschwaden die Englandreisenden auf den Nebel einstimmten, ging es ganz anders zu, als Hamann es von den calvinistischen Niederländern erwartet hatte: Hier wurde gelacht, übertrieben laut gegrölt und geklatscht; spontan stimmten viele in volkstümliche und heidnische Gesänge ein, hier wurde auf Kommando gerülpst und das Ergebnis mit lauten Furzen kommentiert, Terrinen mit Fischinnereien aufgetischt und lange Aale ausgesaugt, Fett triefte in die Bärte, das jeder umstandslos mit Scheiben von kaltem Braten abwischte. Freundlich intonierten Nötigungen der Gäste kam Johann Georg nach, indem er durchaus elegant den Kopf nach hinten warf und noch einen kleinen Genever gegen seine elendige Verstopfung kippte, er soff Bier wie Wasser, freute sich wie ein kleines Kind, schon am ersten Abend Mittelpunkt einer lustigen Gesellschaft zu sein, und Hendrickje, die eine gewisse Ähnlichkeit mit der Hendrickje hatte, die seit Rembrandt den Niederländern als Schönheitsideal galt, bediente immer zuerst Hamann, forderte ihn auf, ihr in die mollig gepolsterte Seite zu knaufen, *gecke kerl*, fragte ihn, ob er mit ihr einige *boodschappen doen* möchte und was er von einem Bad im Fluß halte.

Und dann war da noch Friedrich Klein, ein Landsmann und Kunde des Hauses Berens, an dessen Gesicht Hamann sich kaum erinnern konnte, weil er entweder mit dem Finger auf etwas deutete und es Hamann umständlich erklärte oder ihm jovial auf den Hinterkopf schlug. Seit der Ankunft blieb er wie ein Schatten an seiner Seite, kannte jeden, auch jedes Getränk, jede Speise und Hendrickje natürlich und offensichtlich auch den Wirt, denn nach vier Tagen, am Abend vor Hamanns Abreise, war Klein verschwunden, und der Wirt präsentierte Hamann eine zum saftigen Braten passende Rechnung, drohte mit der *nachtwacht* und – schlimmer noch – mit der Streichung der Schiffspassage.

Hamann zahlte, widerstrebend zunächst, die geforderten zehn Gulden und zwanzig Stüver. Und sogleich war der Streit vergessen. Der Wirt nahm ihn in die Arme, küßte ihn auf die Wange und führte ihn nach draußen. Und dort stand Hendrickje am Fenster, die Inkarnation ewiger Jugend, winkte und rief *tot ʒiens*. Aber da saß Hamann bereits in der Kutsche und hatte Zeit, seine Menschenkenntnis neu zu überprüfen.

Heute nacht macht er es schriftlich. Zur Sicherheit.

«In dem Wirtshause, wo wir einkehrten, traf ich einen Landsmann, der ein Kunde von uns gewesen war. Er war unser Anführer und steckte mit dem Wirt unter einer Decke. Klein ließ alles auftragen, ohne einen Heller ʒur Beʒahlung bei sich ʒu haben. Ich beʒahlte für ihn, und er lief nach einigen Tagen mit dem Gelde weg.»

Hamanns Schrift ist unrhythmisch, nicht so federnd elastisch wie gewöhnlich, ein schwankender Druckablauf mit gesteigerten Ausdehnungen und abgehackten Finalen. So aufgelöst wie die Bindungsform, so aufgelöst und in Bewegung begriffen ist sein Inneres. Vor ihm auf dem Tisch liegt noch immer die Kachelscherbe des Russen, und er spürt ihre Anwesenheit, so wie man die Anwesenheit eines Hundes spürt, der im Rücken lauert. Hamann unterbricht wiederholt sein Schreiben. Dreimal schon hat er die Hand ausgestreckt, zum Klopfer geformt, sich ungelenk zum Russen umgedreht, der noch immer selig schläft, und dann doch nicht den Gegenstand berührt, ist im letzten Augenblick zurückgezuckt, als würde er andernfalls den Gegenstand entweihen. Jetzt setzt er erneut die Feder auf das Papier auf. Drei Punkte stehen bereits hintereinander: ...

«Konzentriere dich!» fordert er sich auf.

«In Ansehung meiner Situation darf ich mir einen Versuch gestatten», nörgelt es in ihm.

«Nein. Sei nicht leichtgläubig. Sei kein Tölpel. Denke an Shepherd», entscheidet die Vernunft, denn leider war Hamann auch diesem Shepherd auf den Leim gegangen.

Für zwei Guineas wollte Shepherd Hamann, den er im *Swienhoefd*, dem ersten Gasthof am Platz in Rotterdam, getroffen hatte, bei den Zollformalitäten in London helfen. Ein günstiges Pauschalangebot also. Leider hatte Hamann vergessen, das Kleingedruckte zu lesen. Und zu allem Unglück traf er diesen Shepherd am anderen Morgen an, als dieser andächtig auf dem staubigen Boden des Gasthauses kniete und betete. Und es war diese Geste, die ihn anrührte. Hamann spürte, wie ein tiefes Vertrauen vom dort knienden Mann zu ihm über den Boden kroch und in ihm Wohnung nahm.

Die Überfahrt von Holland nach England, der er mit einigem Unbehagen entgegengesehen hatte, verlief ohne nennenswerte Zwischenfälle: Nur ein kleiner Streit zwischen zwei Passagieren flackerte kurz auf, und ein mäßig begabter Schiffskoch, der bereits am zweiten Tag fauligen Zwieback servierte, wurde ausgemurrt. Nichts Aufregendes also. Zu glatt die See. Zu diszipliniert die Matrosen.

Als Hamann, nur leicht schwindlig, englischen Boden betrat, breitete sich eine hormonbedingte Euphorie aus, die bei Hamann aber leider immer mit Leichtgläubigkeit einhergeht.

Shepherd, nüchtern betrachtet eine blasierte und oberflächliche Erscheinung, gab, als sie auf ihr Gepäck warteten, damit an, in den Niederlanden Geschäfte gemacht zu haben, obgleich er nur eine einzige Vokabel beherrsche: *Kannitverstan*.

Englisch müsse heute jeder gebildete Mensch parlieren, näselte Shepherd und zupfte affektiert an seiner Perücke. Und dann erzählte Shepherd weitschweifig über den Zusammenbruch der Leinenpreise; das beste sei es, ganze Schiffsladungen in der Nordsee verschwinden zu lassen, um die Preise stabil zu halten, «Leinenberge», fuhr er im dozierenden Ton fort, es drohten Leinenberge fabriziert zu werden, weil es Webstühle in immer größerer Anzahl gebe, da würde nur noch der Zoll helfen, «Handelsbeschränkungen», wie Hamann sicherlich verstünde, oder eine zentrale Aufsichtsstelle, die Mengen festlegen müsse, das sei der Weg der Zukunft, und überhaupt sei die Insellage zwar militärisch von einigem Nutzen, aber für Geschäfte nur hinderlich, er gründe deshalb eine Gesellschaft, die schon bald einen unterirdischen Tunnel grabe zwischen England und dem Rest der Welt, und ob Hamann nicht bereits jetzt Anteilscheine zeichnen wolle, es gereiche nur zu seinem Vorteil.

Während Hamann noch die englische Syntax im Kopf ordnete, verriet Shepherd bereits seine nächsten Pläne.

Er gedenke das Viertel um Vauxhall Gardens zu überdachen und zu einem gigantischen Passagen-Markt und Vergnügungsviertel auszubauen mit Zutrittsverbot für Bettler und streunende Hunde. Erst letzte Woche sei er von einer Dogge in den Unterarm gebissen worden – und er schob kurz den Rüschenärmel ein wenig hoch, aber bevor Hamann noch genauer hinsehen konnte, ordnete er bereits seine Kleidung – , ja, ja, aber er habe jetzt ein Pülverchen erfunden, das Hunde sofort befriede, wenn sie es röchen, im übrigen wirke es auf Frauen extrem anziehend, und ob Hamann diese angenehme Nebenwirkung nicht auch zu schätzen wisse, auch mit diesem Pülverchen könne er dienen.

Noch bevor Hamann die genaueren Bestandteile dieses Wundermittels, das ihm nicht uninteressant schien, erfragen konnte, wechselte Shepherd seinen Gesichtsausdruck und stimmte in eine Klage ein über sein geliebtes London, das wirklich aus allen Nähten platze, «the time is out of joint», man müsse dringend das Problem in Angriff nehmen, und wofür gebe es schließlich die Religion, allerdings würden die Predigten über Nächstenliebe vom einfachen Volk immer so ordinär mißverstanden, «a comedy of errors», und dann gerieten die Geburten außer Kontrolle, alles sei eine Schuld der alten Religion, «vielleicht, perhaps», hob Hamann endlich an, aber da faßte ihn Shepherd am Arm; ein süßes selbstzufriedenes Lächeln umspielte seine Lippen, es sei vielleicht nicht unbedingt die Aufgabe der Kirche, die Menschen aufzuklären, «of course, forget it», nun denn, dann müßten die

Gebildeten es übernehmen, und ob Hamann ihm bitte jetzt zwei Guineas für die nun anstehenden Zollformalitäten geben wolle.

Aber man habe doch einen Kontrakt geschlossen, protestierte Hamann, ein Protest, der mit einem einzigen «kannitverstan» zum Schweigen gebracht wurde, nebst einer kleinen Rüge, «your english is really terrible, my friend». Also nahm Shepherd das Geld, borgte sich noch einen Shilling und ging durch den Zoll. Erst als Hamann Pferdegeklapper auf der anderen Seite des Gebäudes hörte, erwachte das Mißtrauen erneut. Leider etwas zu spät. Dafür war Hamanns Englisch während der letzten zwei Stunden deutlich besser geworden. Indeed.

Den Shilling freilich *«sah ich so wenig wieder als Shepherd selbst»*, notiert Hamann nüchtern.

RRRRRUACCCH brüllt es jetzt überlaut in Hamanns Rücken. Kurz taucht er aus seinen Erinnerungen auf, dreht sich um und mustert den schlafenden Russen. Nein. Nichts Verdächtiges kann er an ihm feststellen, weshalb Hamann sich erneut seinen Papieren zuwendet und sich zu erinnern versucht.

Eine Depesche hatte Hamann vor drei Stunden, als der fette Nebel kurz sich lichtete und einen Blick auf die untergehende Sonne ermöglichte, in den Hafen bestellt, auf daß er den Reisenden in Empfang nähme. Zwischen schreienden Marktfrauen, Wasserverkäufern, nach harzigem Rauch stinkenden Tabakhändlern, lärmenden Vorarbeitern und Schauerleuten, die offensichtlich bereits den Großteil ihres Lohns in Bier umgesetzt hatten, stand der Greis mit seinem auffälligen Dreispitz und den silberbespangten Schuhen an der Mole, wie bestellt und nicht abgeholt. Hamann, wie immer verspätet, stolperte, als er ihn sah, über ein Faß mit Heringen, verstrickte sich in Resten einer ölverschmierten Takelage und starrte in die offenen Münder grölender Arbeiter, als er der Länge nach hinfiel. «Nice to meet you. Find your world», begrüßte der Alte ihn, während er ihm aufhalf.

Hamann lächelte verlegen.

Man nahm eine Mietdroschke und stieg Nähe Haymarket aus. Der geschäftliche Teil betraf Lieferungen des Hauses Berens mit russischen Schiffen nach London, die unterwegs durch die Ostsee auf rätselhafte Weise an Umfang abnahmen. Die Erklärung, die der Alte ihm nach anfänglichem Zögern anbot, fand Hamann extrem plausibel. Zwar seien die Seeleute gutmütige und gutwillige Seelen, aber leider auch abergläubisch und würfen bei schwerer See Teile der Ladung ins Meer, um die Fluß- und Seegötter zu besänftigen, erklärte der Alte, offensichtlich peinlich berührt, in einem fehlerfreien und erstaunlich akzentfreien Deutsch. «Ein kindischer Aberglaube aus einer anderen Zeit, fürwahr, aber man darf mit diesen Menschenkindern auch nicht zu streng ins Gericht gehen, sind doch die Wellenberge oft größer als jeder Verstand.»

«Gott behüte!» Hamann nickte und hob kurz zum Einverständnis die Hand. Er hatte Glück gehabt und bei seiner Überfahrt eine schlafende See angetroffen. Wer weiß, ob in ähnlicher Lage seine Gebete nicht auch von einigen Ablaßhandlungen begleitet worden wären. Diese Probe und Versuchung war ihm erspart geblieben. Er wäre schwach geworden. Dessen war er sicher.

Und sei es nicht besser und menschendienlicher, fuhr der Alte fort, ein Großteil der Ladung erreiche den Hafen, «vielleicht achtzig Prozent?» Das fand Johann Georg Hamann auch. Natürlich. Aber vielleicht müsse man doch neue Berechnungen anstellen und künftig die Mannschaft dazu anhalten, höchstens fünfzehn Prozent zu opfern, schließlich sei die Ostsee doch ein beinahe kultiviertes Gewässer.

«Trefflich. Eine treffliche Formulierung, die ich zum ersten Mal vernehme», entgegnete sein Gast aufgeräumt. «Ihre Worte schmecken nach Weisheit. Treffen wir also eine Vereinbarung von zwölf Prozent.»

Zwölf Prozent Rabatt. Ein gutes Ergebnis fand Hamann, nein, ein *vortreffliches* Ergebnis, verbesserte er sich, und faßte schnell Vertrauen. Erst als der Russe, nachdem Hamann ihm seine eigene angespannte finanzielle Situation geschildert hatte, diese Scherbe aus einem Leinensack hervorgekramt hatte und ihm Geld dafür bot, wenn er sie an sich nähme, wurde er argwöhnisch.

Inzwischen hat das *rrrruachhhh – rrrruachhhh – rrrruachhhh* hinter ihm erneut zu einer gleichmäßigen Melodie zurückgefunden, und Hamann sieht, wie sein Knöchel plötzlich energisch siebenmal auf die Kachelscherbe klopft, die einen schwach metallischen (oder doch eher tönernen?) Laut von sich gibt. Erschrocken dreht Hamann sich um, aber der Dreispitz des Alten schaukelt noch immer auf dem Kopf wie ein Schiff, das vor Anker liegt.

Eine Kachelscherbe. Eine ganz gewöhnliche Kachelscherbe. Kein Zweifel.

Aber warum bietet ihm der Alte für diese Kachel Geld an? Solche Geschäfte sind ungewöhnlich. Und verdächtig. Hamann schöpft zumeist zu spät Verdacht. Zumal in eigener Sache.

Nachdem Johann Georg Hamann sich in einem Gasthaus eingemietet und eine Kanne schwarzen Tee getrunken hatte, nahm er eine Kutsche und fuhr hinaus zu einem Marktschreier in Islington, der, wie er von einem Reisenden gehört hatte, sämtliche Sprachfehler zu beheben in der Lage sei.

Nichts bedrückte Hamann mehr als sein Sprachfehler. Seit frühester Jugend quälte ihn das Lispeln, er hatte eine überlange Zunge, die im Mund unruhig umherfuhr und neugierig auch an ungeeigneten Buchstabenfolgen wie die Zunge einer giftigen Schlange den Weg nach draußen suchte, dann aber jedesmal erschrocken in die Höhle zurückfloh. «Pfui, wie der junge Herr seine Zunge verschwendet!» pflegte einer seiner Lehrer ihn zu tadeln.

Als der Marktschreier ihn sah, richtete sich sein schwerer Kopf mit dem kurzen Hals auf, seine kleinen Augen weiteten sich und taxierten schnell den Kunden, der, als er an dem schäbigen Tisch Platz genommen hatte, sofort umringt war von einer fröhlich bunten Meute aus Tunichtguten, Straßenhändlern, abgerissenen Kindern und Damen mit zwielichtigem Leumund. Nachdem Hamann sein Anliegen, um die Nervosität zu dämpfen, wortreich vorgebracht hatte, wurde er aufgefordert, seine Zunge so weit wie möglich herauszustrecken. Alle schauten gebannt auf Hamanns Zunge, eine erstaunlich spitze, leicht belegte Zunge, die zwar Magenprobleme, aber zumindest auf den ersten Blick keine Sprachprobleme verriet. Mit einer großen Eisenzange, die eher für die Befeuerung eines Kamins denn für die Untersuchung eines menschlichen Organs geeignet schien, zog der Marktschreier die Zunge vorsichtig noch weiter heraus, begutachtete sie kurz, bis ein leichtes Würgen seines Klienten zum Abbruch der Untersuchung zwang. Hamann wurde aufgefordert, sich ein Stück feines Pergament vor den Mund zu halten und dann einige Sätze zu probieren. Das Experiment gelang, und der Marktschreier pries Hamanns wunderbare englische Aussprache.

«Every inch a king, Sir.» Solch ein herrliches th sei bei Ausländern selten. Vom Lob zwar geschmeichelt, bemühte sich Hamann, deutlich zu machen, daß das Problem eigentlich nur drängend werde, wenn er deutsch spreche. «Ladies and gentlemen. You see!» entfuhr es dem kurzhalsigen Marktschreier, der sich mit einer beschwörenden Geste an das Publikum wandte. «The first language ever spoken was the English one. We just have got the answer. Adam was an Englishman.»

Alle nickten. Adam war Engländer gewesen. Hatte man es nicht immer schon geahnt?

Wenn Hamann sich aber diese Natürlichkeit abtrainieren wolle, gab der Marktschreier zu bedenken, müsse er eine Kur in seinem Hause unternehmen, dürfe wochenlang nicht reden und habe dann mit dem Alphabet neu zu beginnen. Hamann, der es längst bereute, auf einen Scharlatan hereingefallen zu sein, bedauerte, keine Zeit zu haben, «As you like it», entgegnete der Marktschreier kühl, Hamann zahlte die Summe für die Untersuchung und kehrte um fünfundzwanzig Shilling erleichtert in sein Kaffeehaus zurück.

«Ich mußte also meine Geschäfte mit der alten Zunge und mit dem alten Herzen anfangen», resümiert Hamann und lächelt sogar ein klein wenig. Und dieser schlafende Russe, zu welcher Spezies gehört der? Darf er ihm Glauben schenken?

«Wenn der Herr sich entschließen kann, diese Kachel an sich zu nehmen, dann komme ich für die Verbindlichkeiten auf.» So lautete das endgültige Angebot.

Hamanns fragender Blick wurde mit einer dürftigen Auskunft beschieden.

«Diese seit Jahrhunderten im Besitz der Zaren sich befindende Scherbe» – und dabei polierte der Alte sie mit dem Ärmel seines Rocks – «zeigt den Teilabdruck von Adams Hand, mit der er einst den Vertrag mit dem Teufel besiegelte. Wie diese Scherbe in den Besitz der Zaren gelangte, wissen wir nicht mit Gewißheit» – der Alte hielt inne und hob kurz die Schultern –, «vielleicht, sehr wahrscheinlich sogar, war es ein hinterhältiges Gastgeschenk. Nur Unglück, o ja, nur Unglück brachte diese Scherbe über unser Reich. Wir haben alles versucht, um dieses Ding zu zerstören und damit den Fluch abzuwenden. Sogar mit Kanonen haben wir die Scherbe beschossen. Vergebens.»

«Vergebens?» wiederholte Hamann ungläubig.

«Vergebens», bestätigte der Alte monoton.

Hamann bat sich Bedenkzeit aus. Der Alte nickte nur stumm und schlurfte schweigend neben ihm her. Auf dreihundert Pfund Sterling beliefen sich Hamanns Verbindlichkeiten. Niemand auf Gottes Erdball verschenkte so viel Geld für einen schlechten Scherz. Oder etwa doch?

Hamann hatte zu oft leichtgläubig gehandelt und sich in Menschen getäuscht. Und war er nicht erst vor zwei Wochen vom Satan mit der Laute versucht worden?

«Ich hatte in Berlin eine Woche lang bei dem Lautenisten Baron Stunden genommen. Mein Vater hatte mir deswegen Vorwürfe gemacht, ich sollte lieber an meinen Beruf und an meine Augen denken. Umsonst. Der Satan versuchte mich wieder mit der Laute, die mir in Berlin Verdruß gebracht hatte, weil ich eine geliehene Laute unwissentlich dem armen Studenten Viermetz, der sich von der Musik ernährte, verdorben hatte. Ich fing also wieder an, nach einer Laute zu fragen.»

Senel.

Oder Baron von Pournoaille.

So nannte er sich ab achtzehn Uhr. Er hatte die weichen Formen eines Provinzvikars, wirkte bei genauerem Zusehen etwas aufgedunsen, trug überlange schwarze Koteletten, niemals, was ungewöhnlich war, eine Perükke und liebte auffallend elegante Rüschenhemden. Den kleinen Finger seiner rechten Hand spreizte er affektiert ab, wenn er im Lautenspiel kurz innehielt. Und sein sehnsüchtiges Lächeln, das einen flüchtigen Blick auf die herrlich gepflegten Zähne, die, obwohl er stark rauchte, kein Tabak vergilbt hatte, freigab, buhlte bei allen Zuhörern, die in dichten Reihen sich bis in die Dunkelheit der Zimmerfluchten erstreckten, um die Gunst. Juchzen, wenn er erschien. Getrampel. Sobald er aber die erste Saite anzupfte, setzte eine atemlose Stille ein. Zunächst erklangen traurige Weisen, die allen Schmerz des Alltags klagend nachahmten und wie Wundpflaster wirkten. Jetzt. Jetzt waren alle bereit, das Leben neu zu meistern. Und Senel weckte ihre Lebensgeister, setzte schwungvoll und abrupt ein, kreiste mit der Laute vor seinem sich rhythmisch wiegenden Becken. Die heiße Energie, die von seinen flinken Händen auf die Saiten übertragen wurde, fingen die vordersten Tänzer auf. Erste Schweißtropfen flogen wie glitzernde Sternschnuppen durch den Saal. Schnelle Tempiwechsel und orgiastische Klangfolgen brachten das Blut in Wallung, bis der Saal brodelte und stampfte, begierig auf das furiose Finale, das die Begrenzungen von Raum und Zeit aufzuheben schien und allen das Gefühl gab, soeben neu auf die Welt gekommen zu sein. In diesen Augenblicken, wenn das Geschrei der Bravorufe die Kunst übertönte, das Gedränge Senel zu ängstigen begann und die ersten, soeben noch jubelnden und kreischenden Damen ohnmächtig wurden, liebte Senel (oder Baron von Pournoaille) es, durchschwitzte Schnupftücher oder Seidenshawls ins Publikum zu rei-

chen und sich grußlos und seine Laute wie einen Schutzschild haltend zurückzuziehen. Kein Applaus konnte ihn
dann wieder auf die Bühne locken. Aber das Fest ging
weiter.

Auch auf Hamann machte dieser Senel einen faszinierenden Eindruck. Und Senel, der eigentlich jeden Kon-
takt mit dem Publikum mied, war seinerseits über diesen
seltsamen Bewunderer, der ihm am Ausgang eines Gasthauses aufgelauert hatte und ihm gestand, er spiele auch,
so entzückt, daß er ihm geduldig zuhörte, «you are lone-
some, right?», und ihn in sein Haus einlud. Senel förder-
te Hamanns Lautenspiel, pflegte täglich mit ihm Umgang
und besorgte ihm eine Hure, die ihn zweimal wöchentlich mit dem Satz empfing: «Spring in the air», was Hamann dann auch tat.

Und Hamann träumte davon, berühmt zu werden.
Und schon bald näherte er sich seinem Idol zumindest
äußerlich an, spreizte den kleinen Finger affektiert ab,
schmierte sich eine weiße Essenz auf seine maroden und
schlecht gepflegten Zähne, übte das Kreisen des Beckens
und quoll nach übermäßigem Zuspruch an Wein und fet-
tem Essen immer mehr auf.

Das könne der Stimme nur nützen, bemerkte Senel,
und Hamann quoll weiter, bis das Verhältnis platzte.

Einen Verdacht hatte Hamann bereits seit einigen Wochen gehegt. Alle auflaufenden Rechnungen schickte
Senel in unregelmäßigen Abständen an eine Adresse, die
Hamann unvertraut war. Das Luxusleben, das sein Freund
führte, konnte dieser durch seine musikalische Karriere

allein nicht bestreiten. So viel begriff Hamann. Er zehrte auch nicht vom Vermögen verstorbener Verwandter. Das schien ihm auch deutlich. Senel wurde ausgehalten. Und obwohl Senel den Beihilfeanträgen Schnupftücher und manierierte Seidenshawls beilegte, glaubte Hamann keinen Verdacht schöpfen zu müssen. Offensichtlich ein glühender Verehrer der Kunst. So dachte Hamann. Allerdings bezog sich die Vorliebe nicht nur auf die Stimme des Verehrten und die Lautenkunst, sondern auch auf den Resonanzkörper selbst. Und das erfuhr Hamann, weil der Wind bekanntlich weht, wo er will, und weil Hamann einfach zu schnell lesen konnte.

Einige Briefe waren durch einen tückischen Windstoß vom Sekretär gesegelt, hatten sich malerisch über den Boden verstreut, und Hamann, inzwischen durch seine Völlerei ein wenig hüftsteif, sammelte die Briefe auf, erkannte mit einem Blick den Absender und brauchte nur Sekunden, um den Inhalt der Briefe zu überfliegen. Hamann erstarrte in seiner bückenden Haltung, wurde plötzlich zur Statue, man könnte an einen Hexenschuß denken oder an einen Bandscheibenvorfall, zwei Finger über dem Gesäß. Hamann war wirklich geknickt. Er, der sich von Senel aushalten ließ, verdankte die angenehmen Seiten des Lebens dieser Verbindung und mußte vielleicht sogar selbst mit einem unmoralischen Angebot rechnen. Hatte Senel nicht häufig seine Haltung korrigiert? Ihm dabei freundschaftlich, wirklich nur freundschaftlich?, über den Bauch gefahren? Seine Wangen geknufft? Beim hohen C eine Hand ins Kreuz gelegt?

Als Hamann sich aus seiner gebückten Haltung erhob, hatte er mit Senel gebrochen, floh das Haus und schrieb einen Brief.

«Ich tat dies mit so viel Nachdruck als ich fähig war, verfehlte aber meinen Endzweck, anstatt sie zu trennen, vereinigten sie sich, um mir den Mund zu stopfen.»

Der alte Greis hinter ihm hat den Mund weit geöffnet und stößt leise sein *rrrruachhhh – rrrruachhhh – rrrruachhhh* aus.

«Dreihundert Pfund Sterling», flüstert Hamann, «für einen lächerlichen Aberglauben.» Hatten die Nordländer nicht soeben begonnen, sich aus der selbst verschuldeten Unmündigkeit zu befreien? Offensichtlich hatte sich diese neue Einsicht noch nicht bis nach Rußland herumgesprochen. War es da nicht seine Pflicht, den Greis in diese neue Geistesmode einzuführen? Hatte er nicht einen untrüglichen Wissensvorsprung, den zu nutzen unmoralisch war? Und konnte er nicht schnell dem Zauber ein Ende bereiten, indem er die Kachelscherbe einfach entzweischlug?

Sie sehen Hamann die Kachel in beide Hände nehmen, um sie mit einem kurzen, aber kräftigen Druck durchzubrechen. Seine Knöchel treten weiß hervor, und Blut steigt ihm vor Anstrengung in den Kopf.

Ooooahh.

Hören wir. Hamann atmet schwer, schüttelt seine Hände. Der Daumen Adams hat sich randscharf in seinem linken Handballen abgezeichnet. Mit Speichel versucht Hamann die Zeichnung auszuwischen.

Nein. Die Scherbe ist stabiler, als es ihm zunächst erschienen war. Aber Hamanns Muskeln sind nicht trainiert und seine Hände zu verzärtelt. Was also ist zu tun? Soll er zu den Jahrmarktsständen gehen und ein Kraftwunder um Hilfe fragen? Man würde ihn auslachen. Und betrügen. Und mit Dreck bespritzen.

Hamann dreht sich um und mustert erneut den Alten, der wie ein Berg aus Fleisch auf dem Stuhl hockt und regelmäßig von einem Beben heimgesucht wird, wenn er geräuschvoll ausatmet. «Ararat», murmelt Hamann, «Land in Sicht. Wo ist nur mein Täubchen, das mir eine definitive Antwort gibt, wie ich trockenen Fußes nach Riga komme? Wer führt mich Invaliden des Apoll heim? Wohin kann ich mich wenden? Soll ich noch einmal den Pastor Grave aufsuchen? Darf ich ihn noch einmal aufschrecken? War mir seine Predigt nicht eine kritische Wanne, die mich reinigte?»

An den Pastor Grave war Hamann durch einen Mr. Collins, bei dem er zwischenzeitlich in der Marlborough Street Unterschlupf gefunden hatte, gewiesen worden. Pastor Grave, eigentlich Landpfarrer in Sutton, vertrat den schwer erkrankten Hauptgeistlichen und galt schon bald als Attraktion. Er hatte bereits die Mitte der Predigt erreicht, als Hamann, ein notorischer Spätaufsteher, die Kirche betrat und, angelehnt an einen mächtigen Mast im hinteren Kirchenschiff, von den Wellen der Empfindsamkeit, die von dem Frühlingssturm, der vom Ausguck mittschiffs seinen Ausgangspunkt zu nehmen schien, überspült zu werden drohte. (Vielleicht auch ging Hamann diese Predigt besonders nahe, weil er sie, wie alle Vorträge auf englisch, sofort synchron übersetzte und somit sich immer auch ein wenig mit der inneren Stimme seines Genius unterhielt.)

Wer hat ein Menschenherz, wer läßt in stillen Stunden sein inwendiges Gefühl sprechen und entsetzt sich nicht vor dem, was die Menschheit schon tat und noch alle Tage tut und tun kann? Vor dem, was er selber tat und tut und tun kann, wenn der Vater der Lüge, des Neids und des Mordes gleichsam über seine Seele brütet! Sobald er zu sich selber kommt – und wohl ihm, wenn er noch zur rechten Zeit zu sich selbst kommen kann! –, so kann er sich des peinigenden Gedankens nicht erwehren: «Ich habe wider meine Überzeugung gehandelt. Ich habe mich verächtlich gemacht. Ich bin nicht mehr, was ich vorher war. Ich kann nicht mehr, was ich konnte!»

«So ist es», dachte Hamann und senkte verlegen den Kopf.

«Hütet euch, daß eure Herzen nicht beschwert werden mit Fressen und Saufen!»

Hamann zog den Bauch ein und wurde endlich Ohr.

«Und dann droht der geistliche Tod. Was ist geistlicher Tod? Unwissenheit, Unempfindlichkeit, Untätigkeit des Geistes. So wie leiblicher Tod Lichtlosigkeit, Unempfindlichkeit und Untätigkeit des Körpers ist. Geistlich tot ist der Mensch, der keinen Sinn hat für das, was geistlich ist, den das Unsichtbare nicht mehr affiziert, regt, rührt, in Bewegung und Tätigkeit setzt. Er beschäftigt sich bloß mit gegenwärtigen, sichtbaren Dingen. Er hat Freude bloß an sinnlichen Vergnügungen. Er kennt kein höheres Vergnügen als Essen und Trinken, als Prassen und Wollüsteln, als üppigen Genuß und Kitzel seines fleischlichen Sinnes, als Geräusch und Glanz der Welt. Was ist die natürliche, unmittelbare Folge davon? Er ist tot für die göttliche Wahrheit. Seine Vernunft ist tot. Er kennt das Gute nicht mehr. Der geistlich Tote hat kein Interesse, keine Sorge mehr für die wichtigsten Wahrheiten. Er fragt sich nie mehr mit ruhigem, still überlegendem Geiste: Was bin ich? Woher bin ich? Was soll ich werden? Er hat keinen Sinn mehr für die wahre Beschaffenheit der Dinge, gibt sich dem Sichtbaren hin oder überläßt sich dem lächerlichen Aberglauben. Aus dem geistlichen Tod des Verstandes ergibt sich zweitens der geistliche Tod des Willens. Man will das Gute nicht, das man nicht kennt. Das moralische Gefühl ist tot. Jener will das Gute nicht mehr. Man hat am Guten keinen Geschmack mehr. Wer nicht mit Lust Gutes tut, ist erstorben für die Tugend. Tugend ohne Teilnehmung, ohne Leben des Herzens ist keine Tugend. Er ist drittens tot für alle gute Wirksamkeit. Er vermag nichts mehr. Seine Kraft ist tot. Die Hände sind wie gebunden, um Gutes zu tun. Man kann nicht mehr, was man will, wenn man lange Zeit gewollt hat, was man nicht sollte. Nichtgebrauch oder Mißbrauch unserer Kraft ist Tod derselben.

Aber der geistliche Tod kann unsere geistige Natur doch nicht ganz zugrunde richten. Immer bleibt noch ein lebendes, fühlendes Etwas übrig, das den Tod, den Mangel, die Zugrunderichtung solcher herrlicher, göttlicher Kräfte fühlt und spürt, jener Freund in unserem Herzen, der sagt: Das hätte ich werden können. Und das bin ich geworden! Das war ich! Und das bin ich nun! Mit diesen mir anerschaffenen Kräften hätte ich mich über Erd' und Himmel verbreiten können, auf Zeit und Ewigkeit wirken können. Nun sind sie dahingestreckt, ohnmächtig, tot.

Liebe Gemeinde: Stillgestanden einige Augenblicke.»

Bei diesem Aufruf verließ Hamann fluchtartig das Kirchenschiff, hörte noch in seinem Rücken die schwere Tür ins Schloß fallen und hastete zurück zu seinem Kaffeehaus, fiel, aufgewühlt und unachtsam, der Länge nach in den Dreck der Straße, «the day of my discontent», fluchte Hamann leise, und erreichte schließlich in recht erbärmlichem Zustand sein Zimmer.

Hamann zündete Kerzen an, bürstete die Flecken aus und schwefelte die Hose, um sie von den lästigen Gerüchen zu reinigen, putzte die Stiefel, puderte die Perükke und steckte Seifenkugeln in das Rüschenhemd. Sein letztes. Woher hatte dieser Geistliche gewußt, wer dort soeben sein Kirchenschiff enterte? Hatte er ihn erkannt?

Er sollte ihn kennenlernen.

Einige Stunden später, Hamann wich jetzt, ein wenig erholt, jeder vorbeifahrenden Mietdroschke mit grazilen Sprüngen aus, erreichte er das Pfarrhaus, wurde recht freundlich empfangen und saß schon bald dem Geistlichen gegenüber, den er während der Predigt nur verschwommen, wie in Nebel gehüllt, wahrgenommen hatte.

Vorhang auf.

Die großen Augen des Geistlichen traten in dem schmalen Gesicht betont hervor, und der breite, empfindsam geschwungene Mund wölbte sich in dem faltenfreien Gesicht nach außen, als sei die Haut durch häufige Reinigung etwas eingegangen. Unterstrichen wurde der Eindruck, weil Grave, den Ellbogen auf einem Tisch mit Papieren abgestützt, den Zeigefinger an die Schläfe legte und mit den restlichen Fingern die Haut über dem Wangenknochen nach hinten zu schieben schien. Ein offenes und warmes Gesicht. Wenn da nicht jener Spott gewesen wäre, der dem Geistlichen in den Augenwinkeln saß, ein satyrisches Funkeln, das Hamann beunruhigte. Außerdem erwartete er von einem Geistlichen immer, er habe ein Lätzchen unter dem Kinn. Dieser trug keines. Wirkte privat. Zu privat vielleicht. Aber er konnte zuhören. Nur einmal, gänzlich unvermittelt, sprang er auf, sagte, übrigens das einzige Mal, «Guter Gott!», gleichzeitig bemüht, die Stimme nicht überschlagen zu lassen. «Ich habe vergessen, die große Hausuhr aufzuziehen, das bringt nur Unglück in unserer Familie.»

46

Dann hörte er wieder zu, schmeichelte gemessen: «Auch im neuen Griechenlande spricht man heute ein th, in Ihrer Zunge pulst vielleicht sokratisch Blut!», rügte sanft, man dürfe sich niemals einem anderen Menschen in die Hand geben, auch wenn dieser vornehme Handschuhe trage, und erteilte Hamann einen entschiedenen Rat: «Wenn der Geist schwach wird, muß man ihm aufhelfen und ihn aufsuchen, wo er weht, im Buch», erst dann lerne man auch zu erkennen, wo der Geist noch Wohnung nehme, in welchem Mann oder in welchem Frauenzimmer auch immer.

Nach diesem Ratschlag nahm Hamann eine verlegene Miene an seinem Gesprächspartner wahr, fragte höflich nach, bis dieser ihm gestand, seine Frau würde oben seit geraumer Zeit auf ihn warten, und dabei spannte sich die Haut des Gesichts noch mehr, und die Augen drohten herauszuspringen, also erhob sich Hamann, verbeugte sich tief und verließ mit neuem Mut das Pfarrhaus.

Was Grave über das Buch gesagt hatte, erinnerte ihn an Sokrates, Leser müßten schwimmen können, Schwimmen erinnerte ihn an den ungläubigen Petrus, also entschloß sich Hamann bereits am nächsten Tag, eine wertvolle Bibelausgabe zu kaufen, um dort den Geist zu suchen.

In zwei Nächten las Hamann das ganze Alte Testament, las es nicht nur, sondern inventarisierte es, füllte Blatt auf Blatt und mußte einen neuen Raum in seiner Gehirnkammerbibliothek ausbauen, malte schließlich Karten, die die Geschichte Gottes mit seinem Volk verzeichneten und fand heraus, daß die Reisekarte Israels mit seinem Lebenslauf eine genaue Übereinstimmung zeige und daß er den Langmut, den Gott mit seinem Volk gehabt habe, auch für sich in Anspruch nehmen dürfe.

So lautete das Ergebnis seiner Studien, die er zu einem kleinen Quartheft band. Und wie zuweilen ein Buch und ein Exzerpt eine ganze Bibliothek zum Kommentar des neuen Buches umwandeln kann, so geschah es auch hier. Diese letzte Lesenacht veränderte Hamann, ließ ihn angesichts seiner eigenen Biographie zum erstenmal zweifeln am Fortschritt der Menschheit und an der stolzen Vernunft. Eine Höllenfahrt der Selbsterkenntnis.

Vernunft? Da schaue Er zunächst nach unter 1. Kor 1, 25! Freiheit? Hier: Man love thyself; In This alone free – agents are not free. Young.

In London, soviel war sicher, gab es für Hamann nichts mehr zu tun. Woher aber sollte er das Geld für die Überfahrt nehmen? Von dem Greis hier?

Die Atmung seines Gastes wird flacher.

Soll er also auf dessen Angebot eingehen? Sitzt er dann nicht einfach einem billigen Aberglauben auf? Über einen Kontrakt zwischen Adam und dem Teufel stand nichts in der Bibel zu lesen. Dessen ist er sich sicher, hatte er doch gestern erst das Alte Testament abgeschlossen.

(Und jetzt naht der Augenblick, in dem sich Hamanns Leben definitiv entscheidet. Hat Hamann den Mut, Berens zu schreiben, damit er ihn auslöse? «Ich bin kein Kaufmann, möchte ich ihm sagen, sondern ein Ackermann der Bücher. Ein ganz natürliches Gefühl meiner Unwürdigkeit und Unbrauchbarkeit machen mich so verlegen, daß ich meiner Sprache nicht mächtig bin», übt Hamann seinen Entschuldigungssermon. «Ein schöner Geist bin ich auch nicht, sondern ein Säufer und Fresser, der seinen alten Freund bitter enttäuscht hat. Das Geschwür sitzt darin, daß ich meinem eigenen Schlendrian gefolgt bin und jeder Gaukelei mich überantwortet habe. Meine unerträgliche Selbstgefälligkeit, mein rechter Unernst, meine Wallfahrt zu den Stätten der Zerstreuung, mein Mangel an Weltklugheit haben mich zerstört, ich bin der Erstgeborene der Verlorenen, um mich ist es nicht schade ...» Und dann sackt er wieder für Minuten zusammen, weil er an die versprochene Heirat mit der Schwester seines Brotgebers denkt. Flüstert er nicht leise «Catharina»? Ihm schaudert bei der Vorstellung, er könnte als Versager dastehen, mit hängenden Schultern und schlecht ausgehandelten Verträgen in Riga von Bord gehen! Wird Catharina einen Versager lieben können? Wird sie ihm die Treue halten, wenn er zum Gespött geworden? Wird die Liebe seine wirtschaftliche Tragödie überleben? Wird er noch einmal eine Chance bekommen, sich zu rehabilitieren? Eine letzte Chance?

Jetzt wählt Hamann. Genau in diesem Augenblick faltet sich seine Lebenszeit zusammen.)

Hamann sieht, wie er aufsteht, die Scherbe des Anstoßes in beiden Händen, seine Hände fahren nach oben, «Come what come may», flüstert er, dann wirft er den Gegenstand mit aller Macht auf den Fußboden.

Plooooong!

«Ich sehe, der Herr haben sich entschieden», sagt der Greis, der plötzlich hinter ihm steht, sich bückt, die unversehrte Scherbe aufhebt, sie behutsam auf den Stuhl legt, dreihundert Pfund Sterling auf den Tisch zählt, Hamann sacht mit dem Finger berührt, nur kurz streift ein Geruch wie feuchter Lehm seine Nase, als der Alte haucht: «Gott befohlen!» Hamann starrt kurz auf das Geld, will etwas sagen, dreht sich zu dem Alten um, der aber nirgends mehr zu sehen ist. Nur der Dreispitz liegt verwaist auf dem Tisch. Seit Wochen herrscht zum erstenmal Stille.

Sonst nichts?

Nein. Sonst nichts.

Stille.

Allenfalls der Flügelschlag einer Taube.

Und Hamann packt seine Siebensachen, bezahlt seine aufgelaufenen Schulden, sticht in See (eine leider nicht schlafende See, eine See, die schäumt und die Hamann gerne mit einigen Ablaßhandlungen besänftigen würde, aber mit Magensäften füttern muß. «Ich werde mich an Wasser zu Tode saufen, doch wollt' ich lieber eines trocknen Todes sterben», rezitiert Hamann, «haltet euch wie Männer», ermuntert er sich, aber dann unterbricht ihn erneut der Magen) und erreicht am 27. Juli, einem herrlichen Sommertag, deutlich verschlankt, seinen Heimathafen Riga.

Und Hamann atmet tief durch. Und Hamann glaubt

an eine großartige Zukunft. Und Hamann schließt die Augen und sieht vor sich die Schar seiner Freunde, ihn zu empfangen.

Aber niemand steht an der Mole.

Erster fliegender Brief

Höchst zu ehrender Herr Magister und Freund!

Wo fang ich an, wo hör ich auf? Schon lange bin ich Ihnen einen Brief schuldig. Ich bin hier in London auf viele Abenteuer ausgegangen und verschlinge alle Neuigkeiten, die wie reife Früchte vom Baum der Erkenntnis fallen (und es war mir nicht immer wohl darnach!): Pülverchen, die die Lefzen tollwütiger Hunde vertrocknen lassen und den Speichelfluß eindämmen, dabei die Damen geneigter machen; gepreßter und zu Pillen geformter Rhabarber, der bei elendiger Verstopfung himmlisch erleichtert; und erste Grabungen für einen geplanten Stollen zwischen England und dem Festland. Aber auch sprachlich gibt es wunderliche Erfindungen, an denen ich kaue, etwa mental translations, mental, ein Wort, das vielleicht auch in Deutschland dereinst noch Mode sein und einschlagen wird.

Auch Kuriositäten gibt es zu vermelden. So hat mir ein tumber Greis mit wirklich schlechten Manieren dreihundert Pfund Sterling angeboten, wenn ich eine unzerstörbare Tonscherbe mit dem Teil-Handabdruck Adams als Siegel auf den Pakt mit dem Teufel an mich nähme. Lange habe ich mit mir gerungen, ob ich darauf eingehen möchte, zumal kein Schiedsrichter zugegen, der mir in dieser Frage hätte beistehen können. Mein Gewissen schwieg gar heftig. Ich bin kein Professionist in weltlichen Dingen, aber ein wenig Menschenkenntnis traue ich mir auch zu, und bei allem

Mißtrauen gegen mich selbst und meinen Gast schien es mir nur ein Akt der Nächstenliebe, diesem verwirrten Greise sein Skandalon abzunehmen. So sehe ich mich, nur mäßig beschämt, in der Lage, London mit dem nächsten Boot zu verlassen, im Gepäck diese Prototype des Aberglaubens.

Mental bin ich guter Dinge, fühle mich nach einem leichten Fieber wieder wohler und messe diesem heillosen Geschwätze keinerlei Bedeutung bei.

Verzeihen Sie mein langweiliges und buntscheckiges Geschmier. Aber ich zittere ein wenig vor der Reise. Nun aber gute Nacht und Gott befohlen bis auf ein herzliches Wiedersehen.

Ergebenst Ihr

     Johann Georg Hamann

Adresse: Des / Herrn Magister Kant / zu Königsberg

Potz Blitz

Die Scherbe? Sie fragen nach der Scherbe? Wenn Sie die Scherbe in Hamanns Haushalt suchen, dann müssen Sie sich zunächst einen Weg bahnen zwischen babylonischen Türmen aus Büchern und Zeitungen, die schon beim kleinsten Luftzug in Bewegung geraten – behutsam, also! – , müssen Papierstapel umschiffen und Briefpacken übersteigen, um ins Zentrum vorzudringen. Dann schauen Sie ratlos in diesem urzeitlichen Chaos umher. Nur Papier und der Geruch klammer Kleider, die auf einem Stuhl vor dem Kamin zum Trocknen hängen.

Keine Scherbe. Nirgends.

Aber dann hören Sie ein leises: Ja, sollten Sie etwa mich suchen? Sie drehen sich erschrocken um und entdecken die Scherbe auf einem Sekretär neben einer kleinen Kameen-Sammlung. Vereinsamt. Beinahe zwanzig Jahre sind ins Land gezogen. Und die Scherbe scheinbar vergessen. Zum Andenken verkommen.

Nach der anfänglichen Wiedersehensfreude in Riga überschatteten schnell die mäßigen handelspolitischen Erfolge Hamanns die Beziehung zu dessen Freund und Brotgeber Johann Christoph Berens, und um ihn ein wenig zu erziehen, verweigerte Berens die Zustimmung zur Ehe Hamanns mit seiner Schwester. Hamann akzeptierte die Strafe und räumte kampflos die Stelle, ohne allerdings

Catharina jemals zu vergessen. (Catharina Berens, eine blasse und zierliche Person mit einem beinahe lippenlosen Mund und einem Hang zur Verträumtheit, hatte zeitlebens mit Männern kein Glück, zwei starben früh, und ihrem dritten Mann gingen bei einer winterlichen Ausfahrt die Pferde durch, die Kutsche wurde in den Pregel geschleudert, der Gatte ertrank, Catharina starb an Unterkühlung.)

Zurück in Königsberg. Müde, ernüchtert und enttäuscht, weil auch Kant, von Berens informiert, ihm auf einem Spaziergang ins Gewissen redete. Kant zieh Hamann, ein bibeltreuer Schwärmer geworden zu sein, und ohne den ersten fliegenden Brief auch nur einmal zu erwähnen, forderte er Hamann auf, nicht wieder in die selbstverschuldete Unmündigkeit zurückzufallen.

«Aufrecht, nicht gebückt!» befahl Kant und stimmte das Loblied an auf die Tugend, die Vernunft und den Glauben an den Fortschritt der Menschheit.

Hamann hielt den Mund, griff aber zur Feder, entdeckte in sich den Sokrates und schrieb unzeitgemäße Bücher in einem dunklen Stil, die seine idealen Leser, Kant und Berens, vornehm zur Kenntnis nahmen und ebenso vornehm ignorierten. Und auch seine wirtschaftliche Lage klärte sich nicht. Hamanns Glück blieb wurmstichig. Alle Träume kollabierten, und schließlich mußte er nach vielen Rückschlägen dankbar sein, auf Vermittlung Kants hin eine Übersetzerstelle in der von Franzosen geführten Zollverwaltung im Hafen zu erhalten.

Enge Jahre folgen, in denen Hamann versucht, sich zu

arrangieren, bis er bei einer Übersetzung des Wortes «signature» die Unterschrift Adams assoziiert und urplötzlich diese Scherbe, die er in London an sich genommen hat, für sein ganzes privates Unglück verantwortlich macht.

Sie sehen Hamann noch vor der Mittagspause das Zollamt verlassen, in Eile!, dabei greift er mit dem rechten Bein immer weiter aus als mit dem linken, er läuft, als würden seine Beine stottern. Jetzt erreicht er die Grüne Brücke über den Pregel, kein Blick fällt auf die Wittinen, die langen, flachbordigen Riesenkähne, beladen mit Hanf, Getreide und Flachs, die sich über die überfüllte Wasserstraße quälen; er durchquert das Langgassen-Tor, stottert über die enge Straße, die wegen ausladender Häuser mit verspielten Eisengeländern kaum einer Kutsche Platz gönnt. Links die Handelshäuser, rechts die Domkirche – «Gott und Geld» denkt Hamann immer, wenn er diese Passage nimmt –, dann das Kneiphöfische Gymnasium und die Universität. Bergan nun – und jetzt stottert Hamann kräftig – Richtung Altstadt – schnell noch ein Blick in die Buchhandlung am Ochsenmarkt – mit einem Blick registriert er: Kein Hamann liegt im Fenster –, dann erreicht er das Haus des Verlegers Kanter. Dort wohnt auch Kant.

Die Treppe. Eng.

Die Stufen. Abgenutzt.

Zwei Stufen mit rechts, eine mit links.

Ein Schnurrer.

Eine spärlich möblierte Putzstube.

Mit billigem Leinen gepolsterte Stühle.

Ein Glasschrank mit Porzellan.

Jetzt sehen Sie Hamann gegen eine schäbige Tür pochen und hören ein fröhliches «Herein!».

Kant klopft vorsichtig auf das Barometer, als Hamann eintritt, und dreht sich nur langsam um.

«Nun, mein Verehrtester, wie ist das Wetter?» will Kant wissen.

«Lichter als in dieser Stube», kommt als Antwort.

«Ist es denn schon an der Zeit, ins Englische Haus zum Essen zu gehen?»

Hamann versteht die kleine Rüge, sagt nichts, legt nur die Scherbe auf den Tisch und wartet. Der schmalbrüstige Kant bläht sich auf, blickt auf das Barometer (ist eine aufziehende Schwüle vielleicht schuld an diesem Auftritt?), dann auf die Scherbe, ahnt sofort die Zusammenhänge (nur der große Kant vermag in Sekundenbruchteilen Zusammenhänge herzustellen, für die weniger geniale Menschen Minuten und viele dumme Fragen benötigen), atmet aus, räuspert sich und murmelt: «Der Stein des Anstoßes. Hat Er ihn denn immer noch?»

Ohne eine Antwort abzuwarten, nimmt Kant die Scherbe, klopft, fragt «Metall?» und betont mit mehr Pathos in der Stimme, als man es Kant zutrauen würde: «Nun also, mein lieber Freund. Wenn es denn zur inneren Ruhe gereicht, dann werden wir diesen Gegenstand nötigen, auf unsere Fragen zu antworten.»

Eine gute Formulierung, lobt sich Kant und speichert sie in seinem Hinterkopf ab. «Machen wir einige Experimente nach den Regeln unserer Vernunft und agieren wir als Richter über diesen läppischen Aberglauben, ohne, wie in den vorangegangenen Jahrhunderten, im dunkeln herumzutappen.»

Hamann schweigt wieder. Vielleicht ahnt er die revolutionäre Bedeutungskraft dieser Sätze.

«Elektrizität», haucht Kant. Und erneut klopft er *plopp*, *plopp* mit dem Handrücken auf die Scherbe.

«So nahm das Unglück bei mir auch seinen Lauf», denkt Hamann und registriert, wie Kant, dessen Haarbeutel bei so ungewohnter energischer Bewegung aufgeregt hin und her schaukelt, einen ganz entschiedenen Ton anschlägt. «Elektrizität. Ich schicke Sie zu dem Theologus electricus, den Pater Prokop Divisch in Mähren. Der soll unser Richter sein. Mag der Blitz hineinfahren und die Sache aus der Welt schaffen.»

«Mit Verlaub», wagt Hamann einzuwerfen, «ich kann es mir nicht erlauben, eine Reise anzutreten. Meine Verhältnisse lassen es nicht zu.»

Kant hält kurz inne, nickt. «Dann soll es mein Soldat und Kellermeister machen. Ich habe ja noch die Köchin. Auch ich muß der Wissenschaft Opfer bringen.» Nur kurz ergötzt er sich an dem Gedanken des Opfers, dann ruft er seinen Diener Lampe, Vorname Martin, gebürtig aus Würzburg, viele Jahre Soldat im preußischen Heer.

Lampe tritt auf. «Herr Professor! Sie wollen die Hartmann'sche Zeitung? Hier ist sie!»

«Er sagt immer Hartmann'sche Zeitung. Sie heißt aber Hartung'sche», verbessert Kant ungeduldig.

«Jawoll!» brüllt Lampe, streicht seinen weißen Rock mit dem roten Kragen glatt und schlägt die Hacken zusammen: «Hier ist die Hartung'sche Zeitung.»

«Gut macht Er das. Und nächste Woche reist Er in geheimem Auftrag nach Mähren, um für die Wissenschaft eine Schlacht zu schlagen.»

«Jawoll!» brüllt Lampe erneut. «Und hier ist die Hartmann'sche Zeitung.»

In diesem Augenblick huscht sowohl über Kants als auch über Hamanns Gesicht ein Zweifel, ob hier eine für die Zukunft der Wissenschaft richtige Entscheidung getroffen wurde.

Bei Lampe reagiert der Magen anders. Sammelt sich bei Hamann, wenn er in der Kutsche reist, schon nach wenigen Wegbiegungen immerfort Speichel in seinem Mund, glaubt er nach einer Stunde seinen Gleichgewichtssinn verloren und brennen seine Augen spätestens mittags von der Lektüre während der schaukelnden Fahrt, dann bleibt Lampe stundenlang in kerzengerader Haltung sitzen, liest nicht (nur einmal während der Fahrt fragt er in einem Gasthaus nach der Hartmann'schen Zeitung, die aber keiner kennt), denkt nicht, ist einfach nur da, ein Loch in der Gegenwart, schaut allenfalls aus dem Fenster, um abgeholzte Hänge auf Spuren vergangener Kriege zu untersuchen oder die gerade erst wieder verwuchernden Lagerplätze auf die Nationalitäten ihrer Benutzer hin zu befragen («Das waren wir nicht», echauffiert er sich, wenn er Schlampereien entdeckt), stopft

Unmengen eines ausgetrockneten Graubrots in sich hinein, ohne dadurch seine hagere, hoch aufgeschossene Figur zu gefährden, meistens aber döst er, dabei kraust sich die Nase, er taucht weg, immer die Hand an der Scherbe, als wolle er seinen Degen sichern, ganz Soldat der Wissenschaft, manchmal ein leises Schnarchen, zuweilen rasselt der Atem, geht schwer von einer alten Verwundung im preußischen Heer. (Lampe wuchs in der Nähe von Würzburg als Kind armer Bauern auf. Jedes Frühjahr mußte er wochenlang die Spargelfelder bewachen. Lampe liebte diese Arbeit. Sobald er einen kleinen Erdhügel entdeckte, eilte er mit seinem Spaten bewaffnet hin, um den Spargel treffsicher zu stechen – zweimal erlegte er dabei einen Maulwurf. Als Soldaten in seinem Dorf Kundschafter warben, meldete sich Lampe freiwillig. Der geschulte Blick bewahrte ihn häufig davor, in einen Hinterhalt zu geraten, bis er bei einer Fechtübung verwundet wurde, das Heer verließ und in Kants Dienste trat.)

Begleiten Lampe auf dem Weg nach Mähren Passagiere, dann unterhält er sich mit ihnen immer über Kant («Der redet wie ein Buch, darum hat er recht»), will er jedoch erzählen, was Kant erforscht, dann stockt er, will sich erinnern, schafft es aber nicht und beläßt es bei Andeutungen. «Mein Herr erforscht das große Trans», sagt er dann, «aber das Trans ist ein schwierig Ding.»

Alle nicken. Das große Trans. Das klingt nach Großartigem.

Am liebsten aber hält sich Lampe an Kants Tagesablauf, denn den kennt er auswendig, fehlerfrei:

«Viertel vor fünf: wecken.» Strengstens sei er angewiesen worden, so lange am Fuße des Bettes auszuharren, bis sein Herr sich erhoben habe, weil dieser sonst fürchte, nachlässig zu werden.

«Um fünf Uhr geht mein Herr im gelben Schlafrock», *aaah!* sagen jetzt die Zuhörer, «in seine Studierstube, auf dem Kopf eine Schlafmütze, über die er ein keckes dreieckiges Hütchen setzt.»

Oooh!

«Zwischen fünf und sechs trinkt der berühmte Professor zwei Tassen schwachen Tee, raucht ein Pfeifchen und hängt herumschweifenden» – dieses Wort betont Lampe immer etwas gekünstelt – «Gedanken nach.»

Kurze Pause. Lampe versteht es meisterhaft, Spannung zu erzeugen.

«Bis sieben bereitet sich mein Herr dann auf die Vorlesungen vor, liest von sieben bis acht im Sommer Logik, im Winter Metaphysik.»

Und jedesmal hofft Lampe, seine Zuhörer würden hier nicht genauer nachfragen.

«Von acht bis neun liest er dann Moral und natürlich Theologie», sagt Lampe, richtiger wäre wohl: natürliche Theologie.

«Bis zum Mittag arbeitet mein Herr dann erneut im Schlafrock – den ich ihm immer schon vorher zurechtlegen muß – an seinen Schriften, dann helfe ich ihm in das Gesellschaftskleid – und sein Diener» – Lampe liebt es zuweilen, über sich in der dritten Person zu reden – «muß es immer sehr sorgfältig vorher ausbürsten», denn

Kant dulde keine Liederlichkeiten. Danach gehe er in den nahen Gasthof und bleibe daselbst noch bis vier, manchmal auch bei einem Glase Rotwein bis sechs Uhr sitzen.

«Zumeist bis vier Uhr also», wiederholen die Zuhörer nickend.

«Bis sechs oder sieben geht der Herr Professor spazieren, über den Philosophendamm zur Feste Friedrichsburg», und jetzt gerät Lampe sogar ein wenig ins Schwärmen über die grünen, saftigen Wiesen, die den großen Kant so erheitern würden, nur einmal sei er von einem irren Metzgergesellen angefallen worden, habe ihn aber mit dem Satz: «Ist denn heute Schlachttag? Meines Wissens erst morgen» sofort beruhigt.

«Um Gottes willen», entfährt es allen, «diese Geistesgegenwart! Unglaublich.»

Eine köstliche Anekdote, die immer sofort das Angebot einer Schnupftabakprise nach sich zieht!

«Vielen Dank.»

Man schneuzt sich.

«Bis zur Dämmerstunde liest dann mein Herr einige Neuigkeiten der letzten Messen und die Hartmann'sche Zeitung.»

Lampe hält kurz inne, als warte er auf die Berichtigung durch Kant, aber weil seine Zuhörer ihn nicht verbessern, nickt er zufrieden und fährt im gleichmäßigen Erzählton fort.

«Nach dem Entzünden des Lichts studiert mein Herr bis gegen zehn Uhr, geht dann ins ungeheizte Schlafzimmer und schläft schnell bei – auch wintertags – offenem Fenster ein ...»

«Auch wintertags!»

«Auch wintertags, durchaus, und es ist – man glaube mir – nicht möglich, ihn selbst bei Feueralarm zu wecken.»

Danach erst ziehe sich auch sein getreuer Diener in seine Kammer zurück, grüble über das große Trans nach und falle in einen leichten Schlaf.

So erzählt Lampe leutselig immer aufs neue, beinahe immer in denselben Worten. Alle Zuhörer saugen diesen Bericht eines Dieners begierig auf, und nach der sechsundzwanzigsten Wiederholung erreicht Lampe Prendiz, Mähren.

Bitte aussteigen.

Prokop Divisch: riesige Backen wie prall gefüllte Reitertaschen; ein Wabbelkinn, das Wülste wirft (ein Doppel-, Dreifach-, Vierfachkinn); der Rumpf, ein gigantisches Faß, das von einem Ledergürtel wie einem Eisenring zusammengehalten wird; zwei auffallend dünne Beine, die jeden Augenblick durchzubrechen drohen und wegen der Überlastung wie bei einem Schemel weit nach außen gestellt sind. Lampe ist zunächst erstaunt, wie diese schmächtigen Beine den Fettbalg stützen, halten und dirigieren können; Divisch wirkt wie ein Götze, dem die Contenance abhanden gekommen ist, denn der massige Divisch bewegt sich pausenlos, hält kaum einmal inne, geht hierhin und dorthin, gestikuliert und deklamiert, und die Schwere der Züge bekommt etwas Leichtes, als sei dieses Faß mit Daunen gefüllt; Divisch spricht auch nicht, wie man angesichts dieser Korpulenz vermuten dürfte, bedächtig, sondern flink, in hüpfender Melodie, und dabei kreisen die tiefblauen Augen, als würde er mit Kindern Clownerien und Mätzchen machen.

«Eine Depesche hat mir Euer Kommen angekündigt. Der große Kant will mich also in seine Dienste nehmen», begrüßt Divisch Lampe, der nicht genau weiß, wie er auf diese Erscheinung angemessen reagieren soll und aus einem Reflex heraus eine militärische Haltung einnimmt.

«Ich bin der Stoßtrupp der Wissenschaft und der getreue Diener meines Herrn, Martin Lampe.»

Eine kurze Stille.

«Wunderbar. Wunderbar», lacht Divisch und tänzelt ihm voraus ins Haus, das verglichen mit den Proportionen von Divisch eher bescheiden wirkt.

Auf dem Weg in die gute Stube inspiziert Lampe die Zimmer und entdeckt Liederlichkeiten: einen schräg stehenden Stuhl, eine in der Vitrine umgefallene Tasse, eine unordentlich gearbeitete Spitzendecke auf einem Tisch, der dringend gefettet werden müßte. Dann sieht Lampe in seiner Hand ein Glas nach Honig duftenden Wein, hört ein leichtes Klirren und spürt, wie der Wein sich im Mund ausbreitet und den Weg nach unten ertastet. Da freut er sich, als die Frage nach Kant gestellt wird, und er sagt: «Das große Trans. Das ist wichtig.» Natürlich staunt auch Divisch. Deshalb die zweite eingeübte Nummer, Kants Tagesablauf. Auch auf Divisch macht sie mächtigen Eindruck, denn er schlägt sich vor Vergnügen auf den feisten Bauch und lacht, und dabei wirft sein Doppelkinn Wellen und überspült die Unsicherheit von Lampe, der noch nie so gut und ausführlich berichtet hat.

Lampe zählt den Schlag der Kirchturmglocke.

«Eins, zwei, drei, vier, fünf, sechs», zählt Lampe und schließt: «Sechs Uhr.» Die Dunkelheit hockt bereits in den Ecken der Stube wie eine schwarze Katze. «Aufstehen, Lampe», befiehlt er, «sonst wird Er noch nachlässig. Und das wollen wir nicht!» Lampe gehorcht sofort seinem eigenen Befehl und erhebt sich von seinem Mittagsschlaf, den er sich nach den Strapazen der langen Reise gegönnt hat. «Möge die gute Köchin auch den Meister Kant wecken», denkt Lampe, «und möge sie nicht auf die Versprechen des schlaftrunkenen Kant hereinfallen: nur noch ein Viertelstündchen.» Lampe schüttelt den Kopf. Da mußte man unerbittlich sein, hart und entschlossen, sonst erntete man später bittere Vorwürfe des wachen Kant, wie er einmal hatte erfahren müssen.

Lampe hört aufgeregte Stimmen, die von draußen an sein Ohr dringen: «Das heißt Gott versuchen!» «Satanszeug!» «An unseren Ernten wird der Allmächtige sich schadlos halten!» «Das bringt nur Unglück über unser Dorf!» «Hinweg damit!»

Schnell packt Lampe den Überrock. Lampe springt in die Stiefel. Lampe rennt durch Stuben, verirrt sich kurz in die Küche, sieht auf einem Brett einen mit Backobst gefüllten Karpfen, die ausgenommenen Innereien noch auf dem Fußboden liegend («Das ginge bei mir nicht durch», denkt er). Lampe schielt weiter in die Dunkelheit, sieht bewegliche Lichter, stürzt in diese Richtung davon. Lampe steht schon mitten im Aufruhr.

«Wen Gott strafen will, den wird er auch strafen», posaunt ein alter, bereits gebrechlich wirkender Mann und hebt drohend die Heugabel, auf die er sich bisher gestützt hat. «Hat Er denn keinen tiefen Glauben mehr? Hat Er uns denn nicht immer zum blinden Vertrauen auf den Allmächtigen erzogen? Will Er denn jetzt plötzlich dem Allmächtigen ins Handwerk pfuschen?»

«Nieder mit dem Teufelsdraht!» brüllen die anderen, die hinter dem Redner stehen, im Chor und stampfen dabei mit ihren Heugabeln auf den lehmigen Boden.

«Wer Gott versucht, den wird er vernichten und dessen Rotte mit in den Abgrund reißen. Dieser freche Hochmut wird nicht ungestraft bleiben», posaunt der Alte erneut, und dabei senkt sich die Heugabel, und die Zinken zeigen in die Richtung von Divischs Tonnenleib. «Dieser Teufelsdraht raubt dem Himmel die Kraft, leitet die Feuchtigkeit in die Erde und verhindert derart den Regen. So straft uns Gott mit dieser Dürre.»

Sofort wird die Pause vom skandierenden Chor gefüllt: «Nieder mit dem Teufelsdraht!» Und wieder das Stampfen der Gabeln.

Prokop Divisch hebt die Hand. Der Chor hält inne. «Steht nicht geschrieben: Machet euch die Erde untertan? Und gehört zur Erde nicht auch der Blitz und der Donner, das Feuer und der Wind? Pflanzt ihr nicht Bäume, um die Äcker vor dem Wind zu schützen? Und nehmt ihr nicht das Wasser zu Hilfe, wenn die Feuersbrunst wütet? Greift ihr nicht auch zu einem Pülverchen, wenn ihr leidet? Und ist nicht der Blitzableiter die Medizin für dies Magengrimmen des Himmels? Müssen wir nicht auch dem Blitz gebieten und dem Donner? Gehört nicht auch der Blitz zu den Schöpfungswerken des Allmächtigen? Sprecht!»

Für Augenblicke herrscht Stille. Der Chor wartet auf seinen Einsatz. Der Dirigent hebt erneut die Hand.

«Von Lichtern am Firmament ist die Rede im Buch der Bücher. Und wir haben das Licht eingefangen in unsere Lampen. Aber der Blitz gehört Gott dem Richter, dem Allmächtigen, zu strafen, die sein wollen wie Gott! Steht nicht geschrieben: Ich sah den Satan vom Himmel fallen wie einen Blitz?»

Dankbar intoniert der Chor das Leitmotiv: «Nieder mit dem Teufelszeug!»

Und Divisch? Divisch schweigt. Vielleicht aus Angst. Vielleicht aus exegetischen Bedenken.

Und Lampe? Lampe sieht, wie der Alte mit der Heugabel sich Divisch gefährlich nähert und wie der Chor ihm folgt. Dann hört er sich brüllen: «Zurück. Keinen Schritt voran. Hier ist die Grenze», und sein Stiefel zieht einen Strich in den Sand. «Und hier stehe ich, ein Diener und Soldat Preußens.»

Der Alte verlangsamt seinen Schritt und bleibt stehen. «Gehet in euch, ob ihr auf seiten der Versucher und der Hochmütigen steht. Wir kommen wieder.» Zwei aus dem

Chor treten hervor, stützen den Alten, kehren um und verschwinden hinter dem Vorhang der Nacht.

Als erster erholt sich Divisch. «Gut hat Er das gemacht.» Er klatscht in die Hände, als gälte es eine gelungene Inszenierung zu bejubeln. «Und nun wollen wir essen. Danach werde ich Ihm das Teufelszeug zeigen.» Divisch legt den Arm um Lampe, der nur bedächtig nickt, dann gehen beide ins nur schwach erleuchtete Haus.

Lampe fragt nichts, als die Köchin, der der Schreck wie eine Narbe im Gesicht sitzt, den fetten Karpfen auftischt. Divisch legt seine schweren Hände ineinander und spricht ein kurzes Gebet.

«Keine Hände eines Gelehrten», denkt Lampe. Schwielen. Blutergüsse. Ein schwarzer, verkrüppelter Daumennagel. Divisch ißt mit allen Sinnen. Plötzlich ein Seufzer. «Eine Gräte», stammelt er. Blut steigt in den Kopf. Divisch brennt. Röcheln. Die schwarzbehaarten Finger fahren in dem viel zu kleinen Mund herum. «Was ist zu tun?» denkt Lampe und bleibt sitzen. Dann ein erlösendes Grunzen.

«Ahhhh!»

Die fetttriefenden Finger verlassen den Mund. «Hab' ich ihn, den Störenfried. Werde eine Maschine erfinden, die den Fischen die Gräten herauslöckt.»

Lampe atmet unmerklich auf. Seine angespannte Stimmung entlädt sich nur langsam. Um sich zu erholen, erzählt er die Anekdote vom irren Metzgergesellen. Die macht Divisch viel Spaß. Sehr viel Spaß sogar. Sein Bauch zittert vor Lachen. Ein fleischliches Erdbeben, das schließlich auch Lampes Zwerchfell erschüttert.

Dann verebbt das Lachen und Divisch stemmt unvermittelt seinen massigen Körper nach oben. Nein. Er stemmt ihn nicht. Als würde sich eine gedrückte Feder plötzlich entspannen.

Pfffännng!

Divisch steht. «Nun zeige ich Ihm das Corpus delicti», sagt Divisch mit geschlossenen Augen, und Lampe nickt, springt auf, steht kerzengerade: «Jawoll.»

Sie gehen nach draußen, verlassen das Haus durch den Hintereingang und passieren ein Gartenlabyrinth aus grünen Hecken. Dann erkennt Lampe die Umrisse eines Gartenhauses. Ein Quietschen. Ein leichtes Stöhnen. Sie müssen die Tür mit Gewalt aufdrücken, weil ein Gegenstand den Zutritt versperrt. Divisch dreht sich um, knufft Lampe seltsam vertraulich und murmelt gedämpft: «Mein Allerheiligstes.»

Lampe tritt andächtig ein. Auf dem Boden liegen Feilen, Meißel, Bohrer, Taue, Drähte, Drahtkisten, Rohre, Räder, Schrauben, Nieten, Töpfe mit Lacken, Kleistern und Fetten. Ein Tohuwabohu. «Es riecht wie in einer Geschützkammer», erinnert sich Lampe.

Divisch stellt die Lampe ab. «Kennt Er Franklin?» Eine Frage wie ein Schuß!

«Ein großer Soldat vielleicht?»

«Gewiß. Gewiß.» Divisch wühlt in einer Kiste und holt einen Schlüssel hervor. «Das ist der Schlüssel zur Elektrizität.»

Lampe schaut fragend.

Franklin sei es gewesen, der große Franklin («groß», wiederholt Lampe), der das Rätsel des Blitzes zeitgleich mit ihm gelöst. Und ob Lampe Angst vor dem Blitze habe, aber bevor Lampe einen Satz mit dem Wort «Eiche» bilden kann, fährt Divisch bereits in seiner Erzählung fort. «Nein. Nein. Nein. Der Blitz ist keine Strafe Gottes. Er ist nur eine elektrische Entladung. Jawohl.»

«Jawoll», echot Lampe.

«Ein mutiger Mann, dieser Franklin», habe er doch bei einem Gewitter einen Drachen steigen lassen, und der Schlüssel, der an der feuchten Drachenschnur hing, ließ Funken sprühen, und jetzt endlich springt der Funke der Begeisterung auch auf Lampe über.

«Und ich, Prokop Divisch, habe die Probe gemacht und kann es bestätigen, wenn ich auch einen bitteren Verlust bei meinem Experiment beklagen mußte.» Hier hält er kurz inne, schlägt sich auf den Bauch, streicht sich dann mit den Fingern über den Hals. «Sigurd. Mein alter Schäferhund.» Eine schwache, trauerbeflorte Stimme. «Sigurd.»

Und dann erzählt er, wie gut und stark und folgsam und schlau und treu und ergeben und verfressen, ja, doch auch verfressen, und aufmerksam und pfeilschnell und zutraulich Sigurd gewesen sei. Sigurd. Er war sein Assistent. Das sei der richtige Ausdruck. Aber leider sei er in die Nähe des funkensprühenden Schlüssels gekommen. Ein Blutzoll für die Wissenschaft. Aber man könne das Experiment gerne noch einmal wiederholen. Lampe jedoch, dem es dämmert, er müsse den Assistenten spielen, zeigt wenig Interesse für diesen Plan, wiegelt ab, beschwichtigt, es sei ja nun bewiesen, und was bewiesen sei, sei bewiesen, sage sein Herr, der Philosoph, und der habe schließlich immer recht. «Nun denn», gibt sich Divisch nickend zufrieden, «nun denn, dann will ich Ihm jetzt also den Blitzfänger an meinem Hause zeigen», sagt es, dreht sich noch einmal beinahe wehmütig zu seinen Geräten um und schiebt Lampe, der übermäßig konzentriert an Sigurd denkt, aus dem Allerheiligsten hinaus.

In einer hinfälligen Scheune sucht Divisch eine Leiter, flucht leise, geht nach draußen, hebt die Lampe, lacht. «Dort hinten steht bereits unsere Himmelsleiter und wartet auf uns. Gehe Er zuerst.»

Dann folgt ein wundersames Spiel:

«Nicht doch. Nicht doch. Zuerst Ihr.» Lampe verbeugt sich vornehm.

«Aber nein, aber nein. Ihr seid mein Gast.» Divisch legt die Hände ineinander, schüttelt leicht sein Haupt, und die schweren Hängebacken verstärken die Verneinung.

«Mitnichten steht es mir zu. Nach Euch!» Lampe hebt beide Hände zur Abwehr und lächelt verbindlich.

«Hinauf. Geschwind!» befiehlt Divisch mit ausgestrecktem Zeigefinger.

«Jawoll», brüllt Lampe, merkt, wie er tief einatmet, und sieht seinen linken Fuß die erste Sprosse besteigen, aber als er die dritte Sprosse erreicht, hört er, wie die untere Stufe knarzt und stöhnt, Lampe, der intuitiv Gefahr wittert, steigt mit zittrig-weichen Knien schneller, das Knarzen folgt ihm, wird bedrohlich, die Leiter federt und schwankt, gerät ins Schlingern, er stockt, rudert mit den Armen, seine Linke schlägt gegen die Traufe, sein Mund öffnet sich bereits zum Schrei, aber dann spürt er, wie eine feste und starke Hand seinen Hintern nach oben hievt. Als er sich röchelnd umdreht, hockt Divisch bereits neben ihm und bindet die Leiter fest. Ein bellender Husten, der Lampe an seinen Offizier im preußischen Heer erinnert.

«Hier. Hier. Dieser Draht ist die Schlinge für den Blitz», erklärt Divisch, der den Vorfall schon vergessen zu haben scheint, und dabei funkeln die nur schwach erleuchteten Augen des Theologus electricus. Lampe aber sehnt sich in diesem Augenblick zurück nach seinem geregelten Alltag im Hause Kants. Was würde er dafür opfern, müßte er nicht hier mit schlotternden Knien auf dem Dach eines Pfarrhauses in Mähren liegen auf der Lauer nach der Wissenschaft! Und die Erinnerung an das Spargelstechen seiner Kindheit weckt jäh eine angenehme Empfindung und läßt ihn schnalzen!

«Ja! Da staunt Er. Dieser Draht. Dort hinein fährt der Blitz, wird nach unten geleitet und schlägt in den Boden, um den Erdgeist zu wecken. Das Haus aber bleibt verschont. Nun, was sagt Er?»

Lampe blickt in das energische Gesicht von Divisch, das nicht viel älter als sein eigenes sein dürfte. «In den Boden hinein zum Erdgeist», wiederholt er. «Unglaublich», näselt Lampe und ringt nach Luft. «Dann also wieder hinunter. Aber diesmal nach Ihnen, mein Herr.»

«Unmöglich. Zuerst Ihr.»

«Ich bitte ergebenst.»

...

Sie sitzen im geräumigen Arbeitszimmer. Beinahe automatisch fährt Lampe seine Hand aus, um den Kalkstaub, der sich auf dem Unterärmel von Divischs Rock zeigt, abzuklopfen, stockt aber im letzten Augenblick, hebt leicht die Hand, sagt schließlich: «Ich sehe nur zwei Bücher hier in der Studierstube.»

«Gut beobachtet hat Er das», erwidert Divisch und bringt seinen Bauch in eine bequemere Stellung. «Mir reichen die hebräische und die griechische Bibel, um meinen Schafen heimzuleuchten. Wem sich der geheime Sinn der Schrift erschließt, der braucht keine theologischen Näschereien. Aber drüben» – seine Hand deutet zum Fenster, an dem inzwischen die tiefdunkle Nacht klebt –, «drüben in meinem Allerheiligsten habe ich einen Schrank, den ich immer nur am Freitagabend öffne, in dem finden sich die Hirtenbriefe der neuen Wissenschaft. Eine doppelte Haushaltung, wenn Er versteht. Bald auch werde ich meinen Flügel vollendet haben, verspannt mit siebenhundertneunzig Saiten, ein Flügel, der ein ganzes Orchester ersetzen kann, Musik wie von Heerscharen ...»

Lampe reagiert nicht auf Divischs Erklärungen, weil er sich noch immer über das Aussehen von Divisch wundert. Warum nur ziert ein Schuh eine Schnalle mit Edelstein, den anderen eine Schnalle aus Silber? «Wahrscheinlich eine Folge der Elektrizität», vermutet Lampe.

«Morgen!» ruft Divisch, und seine Stimme klingt jetzt wieder begeistert. Er wirft den Kopf in den Nacken, und Lampe staunt über diesen mächtigen Adamsapfel, der so groß ist wie eine riesige Kartoffel. «Vielleicht schon Morgen! Dann werden wir den Blitz in die Scherbe fahren lassen. Dann wird es nach Pech und Schwefel stinken! Dann wird das Gericht über den Satan ergehen! Wehe! Wehe! Wehe!» Divisch will soeben zu einem barocken Satzgebilde ansetzen, stockt jedoch plötzlich. Lampe hört, wie er ausatmet und die Lippen vorstülpt. «Oder aber wir werden wissen, daß ein Blitz doch nur eine elektrische Entladung und mitnichten ein Gericht Gottes ist.»

«Was wäre Euch denn lieber?» fragt Lampe unsoldatisch spontan. Divischs Adamsapfel wird wieder überspült von den Fleischmassen seiner Kinnpartie, als er Lampe ernst anblickt: «Wir werden den Blitz zwingen, auf unsere Frage zu antworten.» Divisch redet jetzt wie Kant. Das flößt Lampe Vertrauen ein. Wenn da nur nicht die Sache mit dem Hund wäre. Sigurd. Zum erstenmal in seinem Leben spürt Lampe das Verlangen, nicht zum Diener bestimmt zu sein.

Ein Soldat kann warten. Das muß er können. Zuweilen zeigt sich der Feind erst nach Wochen der Belagerung und schwenkt die weiße Fahne. Oder er macht einen Überraschungsangriff. Dann muß man gerüstet sein.

Wache halten. Posto fassen. Lampe hält jetzt schon seit beinahe zehn Tagen Wache. Immer die Kachelscherbe im Blick. Der Draht, der vom Dach nach unten führt, mündet jetzt im Abdruck des Mittelfingers. Dort ist ein kleiner Riß, groß genug, um den Draht einzuklemmen.

«Linkshänder», durchfährt es Lampe plötzlich. «Adam war Linkshänder.» Und sofort bedauert er, Rechtshänder zu sein, und denkt an einen jungen Grenadier in der Kompanie, der von seinem Offizier immer schikaniert wurde, weil er Linkshänder war. «Wie ungerecht diese Behandlung war», nuschelt Lampe, «wenn der Urmensch doch Linkshänder gewesen ist.» (Welch tiefe Einsicht, die sich Lampe hier plötzlich erschließt! Welches Leid haben die Linkshänder erdulden müssen, weil ungebildete Ärzte davon ausgingen, der Mensch sei von Natur aus Rechtshänder! Oder aber ist das Rechtshändertum eine Folge des Sündenfalls? Sind die Linkshänder für die, die verstehen wollen, eine sinnfällige Erinnerung an den glücklichen Zustand im Paradies? Ja, es ist Lampe, der diese großartigen Gedanken angestoßen hat.)

Lampe schüttelt den Kopf und wartet wieder. Jeden Tag. Obwohl Divisch diese Ausdauer für sinnlos hält. «Die Luft ist noch nicht aufgeladen», betont Divisch jeden Morgen, nachdem er das Barometer konsultiert hat.

Aber Lampe mag davon nichts wissen. Gleich nach dem Frühstück setzt er sich in seinen Ausguck, ein kleiner Verschlag, den er sich in der morschen Scheune eingerichtet hat, und wartet. Nur gelegentlich dringt die laute Stimme von Divisch an sein Ohr, wenn dieser vor offenem Fenster seine Predigt übt.

«Teuflischer Aberglaube», hört er.

«Kinder der Finsternis», hört er.

«Gott gab euch den Verstand nicht, damit ihr ihn verkommen laßt», hört er.

Und jedesmal nickt Lampe, blickt dann spähend nach oben, ob er Wolken entdecken kann, blickt wieder ausdruckslos nach vorn und schaltet für Stunden den Verstand ab.

Der Altweibersommer will auch in den nächsten Tagen nicht weichen. Der wolkenlose Himmel präsentiert sich jeden Morgen von neuem in einem ärgerlichen Kobaltblau, und gnadenlos radiert die Sonne jede Andeutung von Wolke weg. Der Wind atmet flach. Zu flach. Aber am 27. September kommt eine Schwüle hinzu, die Lampe hoffen läßt.

«Heute holen wir die schmale Ernte ein», sagt einer in Prendiz. In den hochstehenden Feldern sieht man Verliebte verschwinden. «Was sucht Er da», flüstert eine Frauenstimme. Aber der Ton klingt nicht vorwurfsvoll, eher wie ein Wunsch, er möge auch finden. Und er findet auch. Und wie!

Ooooh.

Und natürlich:

Aaahhh.

Eine nur punktuelle Feuchtigkeit, leider kein flächendeckendes Naß.

Lampe hört in diesem Augenblick Divisch in seinem Allerheiligsten an einer Bewässerungspumpe arbeiten, um den Regen auf den Kopf zu stellen. Eine wirklich kopernikanische Revolution der Denkungsart. Und auch Divisch scheint zu finden, obgleich sein Ton höher klingt, etwa wie *iiiieeejjjj*, und mittags trägt er einen dicken Verband um seine wulstigen Finger.

Nur im fernen Königsberg regnet und gewittert es bereits seit Tagen. Offensichtlich denkt Kant an seinen Diener, denn er macht neue Anmerkungen zur Erläuterung der Theorie der Winde: *«Man kann es auch fast als eine allgemeine Regel annehmen, daß Ungewitter durch einander entgegenstrebende Winde zusammengetrieben werden. Denn man bemerkt gemeiniglich, daß nach dem Gewitter sich der Wind ändere. Das Gewitter entstand, als die Winde sich im Gleichgewichte aufhielten ...»*

Hamann dagegen läßt in diesen Minuten eine Kiste mit Büchern, die er billig erstanden hat, nach oben bringen (und will gleich noch zufällig bei Kant vorbeischauen, ob neue Nachrichten von Lampe eingetroffen sind). Genau in dem Augenblick, als die Kiste abgestellt wird und Kant einen Punkt setzt, zeichnet in Zürich Johann Caspar Lavater in sein «Neues Tagebuch eines Beobachters seiner selbst» ein $\otimes$ ein, weil er seine Frau soeben unter Tage heimgesucht hat.

Lampe entdeckt am Nachmittag endlich ein Wölkchen am Himmel. Ganz schwach zunächst und wie ein ferner Nebel. Schweißperlen melden sich, denn die Gewitterschwüle nimmt zu. Lampe bewegt sich noch weniger. «Schwitzen ist ungesund, sagt Kant», meint Lampe.

Wolken werden hochgezogen wie Kulissen. «So schön kann grau sein», murmelt Lampe. Die Hitze bläht sich zu einem Ballon, der hoffentlich bald vom Blitz geschlitzt werden wird. Dann der Bote des Windes. Ein schwüler Wind, der die Bäume wach schüttelt. Die Blätter fangen an zu rauschen, bewegen sich aufgeschreckt, werden jetzt von wechselnden Winden hin und her geworfen. Ein Fensterladen schlägt krachend zu.

Divisch erscheint in der Tür, eine Lederschürze um seinen prallen Bauch gespannt, und schaut nach oben. «Heute werden wir das Experiment machen. Glaub Er mir. Dann haben wir Gewißheit», tönt er.

«Von links rückt die Front heran», bestätigt Lampe, und Divisch klettert zu ihm in den engen Ausguck, verschwitzt und stinkend. Lampe registriert es nicht. «Nur die rechte Flanke ist noch offen. Dort muß man jetzt dicht machen, sonst flieht der Feind feige. Stell' Er sich!» befiehlt Lampe und deutet mit herrischer Geste gen Himmel.

Die Wolken gehorchen, marschieren auf in großen Verbänden; bleigrau und bis an die Zähne bewaffnet schieben sie sich vor die Sonne, die schon bald keine Gelegenheit mehr hat, eine Lücke zu finden. Dann legt sich der Wind. Ruhe vor dem Sturm.

Was für ein Angriff! Bereits der erste Schuß trifft. Senkrecht von oben. Beide sehen einen gewaltigen Funkenschlag von der Kachel aufsteigen. «Donnerwetter», entfährt es Lampe anerkennend. Der ganze Körper von Prokop Divisch nickt.

Dann sehen Sie Lampe aus seinem Versteck hervorbrechen, als sei der erste Schuß das Signal für den Angriff und Ausfall gewesen. «Wo will Er denn hin! Bleib Er hier!» versucht Divisch Lampe zurückzuhalten, aber Lampe ist nicht mehr zu bremsen. In leicht geduckter Haltung rennt er zum Einschlagloch. Er wirft sich in den Staub. Er greift nach der Scherbe. Er berührt sie. Er schreit. *«Aaaaahhhhh!»*

Ein unpreußischer Schrei! So schreit nur ein verwundeter Soldat. «Sigurd», flüstert Lampe. «Sigurd.» Aber dann spürt er, wie jemand seine Beine umklammert und ihn aus der Gefahrenzone schleift, ihn wie einen erlegten Rehbock schultert, ihn ins Haus trägt und seine Hand in einen Eimer mit Wasser steckt.

«Ich lebe», denkt Lampe, dann denkt er nichts mehr.

Kein Gedanke mehr. Nicht einmal an Kant.

«Lazarett.»

Das ist Lampes erstes, tastendes Wort, als er aus einem Traum von Hunden erwacht. Die Binde, die gestern noch ein wenig klein geraten die Hand von Divisch zierte, ist auf seine Hand gewandert, umhüllt sie ganz, die Hand, die entsetzlich brennt und in der das Blut von innen gegen die marode Haut klopft.

«Da ist Lampe noch einmal davongekommen», macht Divisch sich bemerkbar, und Lampe sieht, wie die Köchin ihm eine in Milch gekochte Semmel hinstellt.

«Wie lange …» fragt Lampe, räuspert sich, «… wie lange war ich nicht auf dem Felde?»

Divisch knetet die Backen und schüttelt etwas ratlos den Kopf. «Wir hatten ein kurzes, aber heftiges Gewitter. Leider ohne Regen. Er hat nicht lange dort gelegen. Vielleicht ein oder höchstens zwei Minuten, bis ich bei Ihm war. Überlebt hat Er, aber die Schlacht ging verloren.»

«Verloren?» fragt Lampe, und man sieht ihn aufspringen und kann unmittelbar in seinem Gesicht die Antwort ablesen, weil sein Blick an jenem Gegenstand haftenbleibt, der auf dem Tisch (der müßte dringend gefettet werden, denkt Lampe) liegt: die Scherbe. Heil. Unversehrt.

«Siebenmal ist der Blitz hineingefahren», beantwortet Divisch den fragenden Blick, «sie hat geglüht, wie Ihr fraglos spüren durftet, den Angriff aber unbeschadet überstanden. Nicht einmal Spuren von Rauch finden sich auf der Scherbe, und kein einziger Kratzer. Könnte für die Wissenschaft nützlich sein, solch ein Material.»

Und Lampe?

Er atmet schwer und ihm ist schwindlig. Ein gänzlich unbekanntes Gefühl. Erstaunlich schnell nähert sich ihm der Fußboden. In der Ferne bellt ein Schäferhund. «Sigurd», flüstert Lampe wieder, dann schwinden ihm erneut die Sinne.

Ein Sonnenstrahl kitzelt den Soldaten Lampe an der Nase. Er hat unruhig geschlafen, geträumt, er müsse auf der Himmelsleiter ununterbrochen das Dach erklimmen und wieder hinabsteigen, stets verfolgt von Divisch. «Ja, ja, ja. Jetzt muß ich mich erheben und zurück zu meinem Herrn, ihm Meldung machen. Jawoll.» Lampe erhebt sich langsam von seinem Lager, kleidet sich an und macht sich auf die Suche nach Divisch.

«Auch ich habe eine schmerzliche Niederlage erlitten», hört er Divisch sagen, als er den Garten betritt. Er dreht sich um und sieht Divisch, der geschrumpft scheint, als sei das Knochengerüst teilweise eingefallen oder die Beine in den Leib eingesackt. Ein Häufchen, nein, ein großer Haufen Elend. So sieht er aus. Ein Ballon, dem die Luft ausgeht. In seiner Hand die Drähte, die gestern noch dem Blitz getrotzt hatten.

«Schau Er nur!»

Und in diesem Satz verdichtet sich die schwere Müdigkeit dieses braven Mannes.

«Schau Er nur. Wie Diebe in der Nacht sind sie zurückgekommen und mir aufs Dach gestiegen. Sie haben alles zerstört.»

«Sie?» fragt Lampe, noch immer nicht ganz präsent.

«Der Pöbel meiner Schafe. Der Allmächtige kann es nicht gewesen sein, denn sonst wäre von dem Haus kaum ein Stein auf dem anderen geblieben.»

Wieder blickt er nieder auf die Drähte, als seien sie Fremdkörper. «Mir ist kein Glück beschieden. Auch meine Schafe sind nicht besser als seine Majestät, der Kaiser, der vor einigen Jahren mir untersagte, die Hofburg in Wien gegen den Blitz zu sichern.»

Lampes geschundene Hand berührt den Arm von Divisch: «Nur Mut. Die letzte Schlacht ist noch nicht geschlagen.»

Es sind diese Sätze und vielleicht auch die Wärmeschauer, die aus Lampes verbundener Hand auf Divisch übergehen, die dessen Körper strecken und seinen Geist befeuern, denn als Lampe wenige Stunden später seine schweißfleckigen Hemden einpackt und die Scherbe (wie wird es Kant nur aufnehmen, sinnt Lampe) erneut in der Reitermanteltasche verstaut, hört er bereits Divisch wieder vor dem offenen Fenster deklamieren, mit der gleichen hüpfenden Stimme, die gar nicht zu diesem Riesenleib passen will: «Und der Draht leitet ihn doch.

Und er wird ihn immer leiten. Dorthin, wo kein Schaden ist. Und der Blitz ist keine von Gott geschickte Strafe, wir aber, die wir den Verstand haben und ihn nicht gebrauchen, sind verstockt und nicht wert, seine Ebenbilder zu heißen …»

«Ein guter Soldat», sagt Lampe halblaut. «Ein guter Soldat.» Und während er nach Königsberg zurückreist, macht er sich seinen eigenen Reim auf die Elektrizität und fängt an zu denken, zaghaft zunächst und so holprig wie die steinigen Wege, auf denen die Kutsche Lampe heimfährt. Am Abendhimmel wirken die wenigen von der Sonne blaurot gefärbten Wolken wie vernarbte und verschorfte Brandwunden. «Auch der Himmel ist verwundet», denkt Lampe und ist mit diesem Himmel zufrieden. Reisende, die Lampe begleiten, nehmen an ihm eine Ausstrahlung wahr, die alle gefangennimmt, und obwohl es jetzt über mehrere Tage hindurch regnet, bleibt es in der Kutsche angenehm warm, als habe Lampe die Hitze des Blitzes gespeichert und würde sie jetzt langsam wieder absondern. In Lampe aber setzt sich der Eindruck durch, er könne der Welt noch viel schenken. Und trotz seiner Verletzung spürt er die Süße des Lebens.

Nur zwei Wochen nach dem Besuch Lampes erstickt Divisch, dieser lustvolle Esser und elektrische Forscher, an einem Hühnerknochen, der ihm im Halse steckenbleibt. Noch bevor Lampe Königsberg erreicht, weilt Divisch bereits nicht mehr unter den Lebenden. Seine liebe Gemeinde erscheint vollzählig zur Beerdigung und weint ehrlich ergriffen, als der Sarg in die Erde gelassen wird.

Am nächsten Tag regnet es in Prendiz.

Zweiter fliegender Brief

Herzlich geliebtester Bruder.

Geschmachtet habe ich lange nach einem neuen Brief von Ihnen. Vor Fliegen konnte ich nicht schlafen und war froh, als der Bote, dem ich gestern noch Scheltworte gesagt, weil er keinen Brief von Ihnen brachte, mich ermunterte. Es erleichtert mich, daß unsere Freundschaft nicht erkaltet ist, Sie munter und lustig leben und mir lesenswerte Meisterstücke schicken, die mit aller Würde und Klugheit des Geschmacks geschrieben sind. Ich und mein ganzes Haus wurde jüngst mit Geschenken erfreut, die Herr Verleger Hartknoch aus der Schweiz von Ihnen mitbrachte. Ich habe mir ein Gesetz daraus gemacht, jeden Tag eine süße Stunde darin zu lesen, zuletzt in Ihren «Aussichten in die Ewigkeit». Es war meiner Neugierde daran gelegen, Ihre Denkungsart in diesen Dingen in Erfahrung zu bringen, und ich gestehe, niemals so tief empfunden zu haben. Ich habe die Bücher mit einem Wolfshunger verschlungen.

Die gegenwärtige Krisis meines Glücks läßt mich an nichts denken. Gesetzt, daß Sie auch eben nicht neugierig wären, liebster Freund, sich um meine gegenwärtige Verfassung zu erkundigen, so werden Sie es teils meinem Mangel an Welt, teils meiner Hypochondrie zugute halten, mich hierüber zu erklären. In meinen früheren Jahren war es mein einziges Glück, daß ich mir wünschte, wie der selige Witzenmann bei einem Freunde zu hausen, und ich erhoffte mir dies von meinem einzigen Bruder, der besser geschickt zu sein schien, ein Auskommen in der Welt zu finden als ich. Die Hoffnung war vergebens. Heute jährt sich schon wieder der Tag seines Ablebens, und ich stehe bei der hiesigen Zolldirektion noch immer als Sekretär und Übersetzer. Ich bin den ganzen Tag so besetzt mit Arbeit, daß ich für meine Augen und für meine Gesundheit fürchten muß und daß, wenn ich zu Hause komme, ich nicht mehr weiß, ob und was ich anfangen soll. Indessen wohnt noch immer in meinem Busen die Erbsünde der Lesesucht und eine gewisse unbestimmte Lüsternheit nach Dingen, die nicht der Mühe wert sind und die über meinem gegenwärtigen Horizont sind. Mein Lesen ist bloß ein Betäubungsmittel meiner langen Weile und der gefährlichste Dünger für das Unkraut meines hypochondrischen Bodens. Bücher sind mir lieber denn meine Gesundheit, und mein Kopf ist wirklich so schwach, daß ich bloß beim Lesen einigen Genuß habe, sobald ich aber ein Buch zumache, kaum mehr als den allgemeinsten Eindruck meines dabei gehabten Geschmacks zurückbehalte.

Mich dünkt gelegentlich, der Grund für meine Krisis könne liegen in jener unheiligen Scherbe, die ich in London an mich genommen und die den Handabdruck Adams als Unterschrift unter den Vertrag mit dem Teufel zeigen soll. Ich habe eine artige Zeichnung beigefügt, in der Sie, wenn es Ihnen beliebt, ein wenig mit Wollust lesen können. Finden Sie aber nichts, so möge diese Zeichnung gleich allen ungelösten Rätseln den Weg alles irdischen – (mehrere Zeilen unleserlich) *– Ich habe an diesem Zweifel gearbeitet mitten im Herzen dieses Sommers und im elektrischen Herbst, ohne* daß mir eine Antwort geschenkt worden wäre. *Kein Gewitter erleichterte mir den schweren Dunstkreis, in dem ich lebe.*

Diese Grillen gehen gepaart mit Sorgen, die mich auch über Tage heimsuchen. Gestern ist meine älteste Tochter die ganze Treppe hinuntergefallen. Die heiligen Engel im Himmel selbst sind nicht imstande, Kinder zu hüten, geschweige zu erziehen – Gottlob! ist sie ohne Schaden davongekommen als einem geschundenen Fleck unter dem rechten Auge. Mit meinem Hans Michael geht es nicht voran, denn er mag nicht lernen und scheut auch die Arbeit. Auch hierin folgt er leider dem Wandel väterlicher Weise. Dies ist mein größter Kummer, der mir angst und graue Haare macht. Ach liebster Gevatter, über gaudia domestica geht nichts, aber wie schwer will das erhofft und erfleht werden. Ich für mein Teil bin gar weit von diesem Zustand entfernt, und die liebe Hausmutter gewährt mir hierbei zu wenig Beihilfe, aber mehr als den guten Willen kann ich nicht von ihr fordern.

Verzeihen Sie mein einfältiges Geschmiere, höchst zu ehrender Freund! Ich bin weder meiner Zeit immer mächtig noch ebenso meiner Feder als meiner vorwitzigen Zunge. Glück und alles mögliche Gute zu bevorstehendem neuen Jahre. Gnade, Liebe und Friede walte über Sie!!!

Habe diese Zeilen provisorie geschrieben, ohne zu wissen, wann und wie sie abgehen werden.

Ich empfehle mich zu sein Ihr ergebenster

Johann Geo. Hamann

Adresse: An / Herrn Johann Caspar Lavater / Pfarrer an der Waisenhauskirche / zu Zürich

Träume eines Geistersehers

Mein werter Freund!

Ich habe Ihnen sofort schreiben müssen, weil mich Ihr Brief so in tiefe Verwirrnis gestürzt. Ich befinde mich hier recht wohl, mitten unter allem, was die Schweiz schönes und eigenes hat, und auch meistens in guter Gesellschaft. Meine Gesundheit gewinnt dabei.

Aber wie geschieht Ihnen, werter Freund! Was müssen Sie alles erleiden. O ich fühl' alle Ihre Betrübnis mit, Bester, Liebster. Die Träume zerschlagen, die Kraft erlahmt, um die Feder zu ergreifen, wo ich mich doch immer so an Ihren Schriften erbaue, könnt ich nur alles ergreifen, was in diesen verborgen steckt wie in einer Nuß, die zu knakken mir schwerfällt, die ich aber immer mit neuem Mut angehe.

O Bruder, o Bruder, und dann der Schreck am Schluß Ihres lieben Briefes. Wie tief fuhr er in mich hinab, weil mich Ihre Geschichte an einen Text erinnerte, den mir vor vielen Jahren ein lieber Freund besorgte und der, wenn ich mich recht entsinne, aus der Feder unseres verehrten schwedischen Sehers stammt und ein Kommentar zu Ihrem Briefe und unserem Fund scheint. Ich setze den Traum über den Anbeginn unserer Kultur hierher, ohne ihn auseinanderzusetzen.

«Und Adam stand auf, und wir durchwanderten die ganze
Erde und fanden nichts zu essen, außer Disteln, ein wildes
Gras. Und als wir zurückkehrten nach Eden, schrieen wir
einstimmig flehend: Erbarme dich, o Gebieter und Schöpfer,
deiner Geschöpfe, laß uns Nahrung zukommen. Und während wir unablässig durch fünfzehn Tage beteten, hörten wir
den Erzengel Ioel für uns bitten. Und der Herr befahl dem
Erzengel Ioel, und dieser nahm den siebenten Teil des Paradieses und gab uns. Dann sprach der Herr: Dorn und Distel
soll aus deinen Händen hervorgehen, und von deinem
Schweiß sollst du Nahrung haben, und dein Weib soll auf
dich blickend zittern. Und Erzengel Ioel sagte: So spricht der
Herr zu Adam: Ich habe nicht dein Weib geschaffen, dir zu
befehlen, sondern dir zu gehorchen; warum gehorchest du
deinem Weib? Abermals sagte der Erzengel Ioel zu Adam,
daß er Haustiere und alle Dinge von den fliegenden und
kriechenden Wesen absondere und die wilden und zahmen
mache und einem jeden Wesen Namen gebe. Ebenso nahm
Adam Ochsen und fing an zu ackern, um sich Nahrung zu
verschaffen.

Da erschien der Teufel und blieb vor den Ochsen stehen
und ließ nicht zu, daß Adam die Erde bearbeite, und der
Teufel sprach zu Adam: Mein ist die Erde, Gott gehört alles
Himmlische und das Paradies. Wenn du mein sein willst, ja,
dann bearbeite die Erde; willst du aber Gott gehören, so gehe
nur ins Paradies. Adam sagte: Gott gehört der Himmel und
das Paradies, Gott gehört aber auch die Erde und das Meer
und die ganze Welt. Der Teufel sprach: Ich lasse dich nicht
die Erde bearbeiten, wenn du mir nicht durch dein Chirogra-

phum* *verschreibst, daß du mir gehörst. Adam sagte: Wer der Erde Herr ist, dem gehöre auch ich und meine Kinder. Adam wußte nämlich, daß der Herr auf die Erde heruntersteigen und die menschliche Gestalt auf sich nehmen und den Teufel niedertreten wird. Der Teufel aber war sehr erfreut und sprach: Schreibe mir dein Chirographum. Und Adam drückte seine Hand in Lehm und sagte: Wer der Erde Herr, dessen bin ich und meine Kinder.»*

Zwei Worte, und mehr nicht! Lieber! Sanft und fest! Festigkeit ohne Sanftheit drückt. Sanftheit ohne Festigkeit wird zerdrückt — fest und sanft also, Lieber! Keins ohne das andre! Beide miteinander! Ineinander! Und Sie werden Wunder wirken. Glauben Sie Ihrem wirklichen Freund.

Lieber Hamann, eine Bitte, womöglich für meine immer schwächern Augen etwas leserlicher zu schreiben. Ich kann manches Hauptwort bis jetzt nicht entziffern. Meine liebe Frau ist ungleich erfolgreicher in der Kunst der Enträtselung.

Ein andermal mehr zu Ihrer kleinen Zeichnung, in der ich täglich ein wenig lese. Eine «Handschrift» aus den Urzeiten der Welt!

Halten Sie sich steif, und gehen Sie auch Ihren Kindern im rechten Wandel voran.

Und beten Sie für mich, ich möge nicht unter der Last der Geschäfte versinken. Zuweilen suchen mich des Tags über

* Hier: Handabdruck als Siegel in Ton.

zwanzig Personen auf und wollen beraten und getröstet werden. Vieles muß deshalb liegenbleiben, aber niemals ein
Brief an Sie.

Mein Blatt und meine Zeit gehen aus.

Ich bin ewig Ihr wahrer Freund

Johann Caspar Lavater

Adresse: An / Herrn Johann Georg Hamann / zu Königsberg

Das Rohe und das Gekochte

Ein Philosoph und sein Diener.

Beinahe hätte Kant seinen Diener in die kurzen Arme geschlossen. Beinahe. Lampe offensichtlich verwundet! Ein verwundeter Soldat der Wissenschaft nach der Schlacht! Lazarettbedürftig und damit leider auch dienstunfähig. Monatelang hat Kant sich mit der Köchin begnügen müssen und sehnt sich jetzt nach alter Beständigkeit, nach Rhythmus, nach Routine, nach Alltag. Deshalb auch beschleicht ihn ein vielspältiges Gefühl, als er Lampe ansichtig wird: gleichzeitig erschrocken und erleichtert, aber auch enttäuscht, sich weiter einschränken zu müssen.

Und Hamann?

Hamann, von Lampes Erscheinen benachrichtigt, wartet ungeduldig. Lächelt gezwungen. Ihm geht die Begrüßungszeremonie zu langsam, entschieden zu langsam. «Hatte Er eine gute Reise? Wie war das Wetter in Mähren?» Papperlapapp. Zur Sache, Lampe. Endlich zur Sache. Der Mann bringt ihn auf. Wie lange soll er denn noch auf Auskunft warten!

Was macht dieser Lampe jetzt? Warum zieht er ein Stück Holz hervor? Was soll das?

Lampe klemmt das Stück Holz unter den verwundeten rechten Arm und reibt, nicht ungeschickt, eifrig mit einem ausgetretenen Winterstrumpf, bis Funken fliegen.

«Ein Diaconus electricus», so Kant in einem anerkennenden Tonfall. «Nun kann Er also auch in Elektrizität machen. Respekt. Respekt.»

Lampe steht aufrecht. «Jawoll. Ich habe dichteste Berührung mit dem Blitze gehabt. Ein gar verzehrend Feuer.»

Hamann nickt. Die Antwort beruhigt ihn etwas. Gut. Sehr gut. Offensichtlich war die Reise eine erfolgreiche Mission. Er schließt die Augen, und in Gedanken sieht er bereits seine Zukunft erstehen. Auf der Rückseite seiner Lider erscheinen sehr angenehme Szenen:

Wie er die Zöllnerstube verläßt! Natürlich strahlt in solchen Augenblicken die Sonne. «Der große Pan», durchfährt es Hamann.

Wie er ein großes und geräumiges Haus bezieht! Natürlich mit eigener Dienerschaft.

Wie er bei dem Verleger Hartknoch ein großes Werk abliefert, das Bestand haben wird und das auch bei den Engländern Aufsehen erregt! Aber an England denkt Hamann offensichtlich ungern zurück, denn er macht erneut die Augen auf.

«Und Prokop Divisch? Wie ergeht es dem Magier aus Mähren?» bohrt Kant noch immer behutsam und nähert sich der alles entscheidenden Frage.

«Ein ganz angenehmer Mensch, obgleich katholisch», antwortet Lampe.

Und jetzt erwächst bei Kant, vor Verblüffung kurzzeitig verstummt, erneut der Wunsch, seinen Diener doch in die Arme zu schließen, seinen guten Lampe, der die alten Vorurteile mit eigener Kraft abzubauen beginnt, ja, ja, Reisen bildet auch den schlichtesten Charakter. Ach, Lampe!

Allenfalls wer so weise wie Kant selber ist, kann ruhig zu Hause bleiben, die anderen aber benötigen offensichtlich den Umweg über die Fremde. Kant hingegen genügt Königsberg, «eine solche Stadt», pflegt er auf Nachfragen zu erwidern, «wie Königsberg am Pregelflusse kann schon für einen schicklichen Platz zur Erweiterung sowohl der Menschenkenntnis als auch der Weltkenntnis genommen werden; wo diese, auch ohne zu reisen, erworben werden kann.» Aber er, Kant, darf nun einmal nicht von sich auf andere schließen. Hier hat er den endgültigen Beweis: Reisen bildet und befördert die Entwicklung des Menschengeschlechts.

«Und der Wind, hat sich der Wind nach dem Gewitter gedreht?» will Kant jetzt wissen und lenkt, wie Hamann mit säuerlicher Miene zu verstehen gibt, erneut vom Thema ab.

«Mich streckte der Blitz zu Boden, und ich erwachte erst Stunden später, als das Gewitter sich gelegt hatte.»

Aber warum sollte der Wind in Mähren anders wehen als hier in Königsberg? Es spricht nichts gegen diese Hypothese. Mitnichten ein Gegenbeweis, mitnichten, denkt Kant.

Hamann nutzt die erneute Gesprächspause und wendet sich direkt an Lampe, vor Aufregung lispelnd, als sei er seine eigene Karikatur: «Und was ist mit unserem Objekt passiert, das Lampe experimentiert hat?» drängt er gereizt.

Lampe verbeugt sich kurz und zieht aus seinem Reitermantel, der, wie er selbst sehr wohl weiß, dringend gebürstet werden müßte, das besagte Objekt. «Ich habe es wohlbehalten zurückgebracht. Es hat den Angriff unbeschadet überstanden. Hier ist es.» Und triumphierend hält er die Scherbe hoch.

In diesem Augenblick kollabieren Hamanns Träume:

Der Zoll.

Die enge, verrußte Stube.

Keine Zeit für dicke Bücher.

Weiter wie bisher.

Kant, der leicht verwachsene Kant, streckt sich in diesem Augenblick zu unerreichter Größe und schaut zum erstenmal auf Lampe hinunter, zumal der im gleichen Augenblick verstört schrumpft. «Aber das ist unmöglich. Nach meiner Theorie ist das unmöglich. Ein Blitz vermag Eichen zu spalten, warum aber dann nicht diese Scherbe? Das ist theoretisch unmöglich!»

Nur sehr leise wagt Lampe mit eingezogenem Hals zu entgegnen: «Das mag in der Theorie richtig sein, taugt aber nicht für diese Praxis.» Dann reckt sich Lampe zu alter Größe, weil er merkt, wie der strafende Blick ihn nicht trifft, sondern an ihm hinuntergleitet, als sei seine Dienerkleidung aus Metallfäden gewebt, die böse Blicke ableiten.

Hamann sagt nichts mehr. Seine sonst immer aufgeregt umherfahrende Zunge rührt sich nicht. Als sei der

Blitz dort hineingefahren, liegt sie gespalten und verkohlt in seinem Mund. England, denkt Hamann. O from-
mer Betrug. Pia fraus, übersetzt Hamann. Der schwarze
Stein der Weisen, assoziiert Hamann. O Zeus, ob Gold
verfälschet sei, des haben wir / Untrügliche Kennzei-
chen, die du uns verliehn; Doch warum drückest du dem
Leib der Sterblichen / Kein Merkmal auf, an dem man
Frevler flugs erkennt, rezitiert er. Vertraue, aber prüfe
nach, schließt er endlich. Und dann spürt er ein leichtes
Reißen in den Gedärmen, und er flieht das Zimmer hin
zu einem Stuhl, der kein Thron ist.

Blaß kehrt er zurück.

«Wir werden uns nicht geschlagen geben. Niemals!
Wir sind die Richter! Und wenn die Delinquentin sich
ziert, dann werden wir ihr noch entschiedener zu Leibe
rücken und sie noch entschiedener zwingen, auf unsere
Fragen zu antworten.»

Kant ereifert sich. So kennt Hamann Kant nicht, den
immer bedächtigen Kant. Den niemals die Fassung ver-
lierenden Kant. Den geduldig forschenden Kant. Jetzt
brüllt dieser Kant beinahe.

«Auch Sie, mein lieber Freund, der Sie einst in London
unseren Idealen abhanden gekommen zu sein scheinen,
Opfer eigener Schwächen und Blößen geworden sind —
aber auf Schwächen und Blößen gründet sich die Liebe
und auf dieser die Fruchtbarkeit, nun gut —, auch Sie,
mein geehrter Freund, müssen jetzt einstimmen, deshalb
meine auffahrende Hitze, dieser Wille zur Einigkeit soll
uns verbinden, und deshalb wagen wir ein zweites Expe-

riment, weiß ich doch mit einem einarmigen Diener hier in Königsberg auch nichts anzufangen.»

Kant schaut Hamann an. Ein fordernder Blick.

«Wer nicht von Brosamen und Almosen zu leben weiß, ist nicht geschickt zum Dienst der Wahrheit», nuschelt Hamann, weil seine Zunge noch immer wie verkohlt in seiner Mundhöhle liegt, und fährt undeutlich fort, «der werde frühzeitig ein vernünftiger, brauchbarer, artiger Mann in der Welt oder lerne Bücklinge machen und Teller lecken.»

Kant überhört die Sätze: «Hinweg mit dem Aberglauben, der Ihnen, mein bester Freund, sogar in die Gedärme gefahren ist. An diesem Gegenstand muß sich der kritische Geist bewähren. Damit stehe ich oder falle ich. Jawoll.»

«Jawoll», antwortet Lampe und ist stolz, sehr stolz auf seinen Kant.

«Und wenn der Blitz zurückschreckt, dann wird eben die Macht des Wassers dieser Delinquentin zusetzen. Aber gestehen wird sie, wahrlich gestehen!»

Kants Stimme überschlägt sich, seine Augen sind weit geöffnet, seine Rechte drohend erhoben. Kant erklärt den Krieg. Und wie immer, so geht auch hier nicht der Feldherr voran, sondern der einfache Soldat:

«Lampe!»

Jetzt wird der Ton der Rede heruntergefahren, wird schmeichelnd, beinahe zärtlich: «Lampe, mein guter Lampe. Jetzt ruht Er sich zunächst ein paar Tage aus, läßt sich von der Köchin verarzten und ordnet hier im Haus das

Wichtigste, und dann wird Er mit neuer Kraft und neuem Mut hinausziehen, um im Verbund mit der Kraft des Wassers diesen Feind hier zu besiegen. Louis Papin, der Enkel des großen Physikers und Arztes Denis Papin, den Er die Ehre hat, in Würzburg, wo er in den Diensten des Fürstbischofs steht, aufzusuchen, wird Euch helfen. Noch heute geht eine Depesche an ihn ab. Er kennt sich doch mit den Franzosen aus, nicht wahr?»

Vielleicht dient die kurze Rede Kants, die Grundkenntnisse in Rhetorik verrät, nur dem einzigen Zweck, den verwundeten Soldaten Lampe aufzurichten für die zweite Angriffswelle. Wahrscheinlich sogar. Und es klappt.

«Und ob», antwortet Lampe geschmeichelt, «und ob. Ich kenne mich gar sehr mit den Franzosen aus.»

Kant schiebt seine linke Hand in das Wams, schaut Lampe – ein wenig selbstzufrieden – an und läßt ihn abtreten. Hamann bildet die Nachhut. «Schreib Er noch ein Büchlein! Das beruhigt die Nervenfasern!» ruft Kant ihm nach.

(Weil die eiternde Verletzung nur langsam abheilt, sehen Sie erst Monate später Lampe mit einer Extrapost verreisen. Sie stutzen, weil der Reitermantel nicht ausgebeult ist? Sie fürchten, Lampe könnte sogar die Scherbe vergessen haben? Keine Angst. Die Köchin hat ihm geraten, auf dieser zweiten Reise die Scherbe in der rechten Tasche zu verwahren, um den Stoff des Mantels vor Verschleiß zu schützen.)

Unterwegs nennt Lampe sich jetzt Assistent. Er sei der Assistent des Magisters und berühmten Professors Kant, Königsberg. Deshalb fällt leider die peinlich genaue, aber amüsante Beschreibung des Tagesablaufs weg, dafür gewinnt ein neues Thema die Oberhand, die Elektrizität, und ob man denn über die Elektrizität Bescheid wisse, nein, nein, die sei ganz und gar nicht der Ausfluß der rächenden Allmacht Gottes, mitnichten, so ein läppischer Aberglaube aber auch!, ein Blitz sei kein Rachewerkzeug des Ewigen, wo denke man denn hin, schließlich würde man doch auch nicht die Medizin verteufeln und die Krankheit als Strafe auffassen, nein, nein, jeder nehme doch hin und wieder auch ein Pülverchen ein, und ob denn den Mitreisenden schon aufgefallen sei, daß sich nach dem Gewitter immer der Wind drehe?, das liege daran, daß der Blitz dem Wind eine andere Richtung weise, ob man verstünde, wenn das Gewitter von rechts komme, wehe anschließend der Wind von …?, richtig, vortrefflich, und ob man denn wisse, daß der Blitz in Leitungen nach unten krieche, der Blitz sei gewissermaßen in Drähte verliebt und bewohne sie, deshalb würden die Drähte auch heiß, und man dürfe sie nicht anfassen, wie er habe feststellen können, aber, sagt Lampe immer, aber, wenn der Blitz sich in die Drähte verliebt und in die Erde kriecht, dann wird dem Himmel die Feuchtigkeit entzogen und dann droht eine Dürre, nicht immer, aber zuweilen, man könne eben nicht alles auf einmal haben, Sicherheit vor Blitz und Regen …, so erzählt Lampe auf dem Weg nach Franken. (Vielleicht sind diese Gespräche der Grund, weshalb sich in Franken die Blitzableiter am spätesten durchsetzen. Wer will schon andauernde Dürre riskieren! Der kluge Franke jedenfalls nicht.)

«Mmmhhh.»

Dieses breitschultrige Haus riecht nach Wissenschaft. Aus den Fenstern kriecht der Geruch von verbranntem Staub, und die Tür atmet wie ein ungewaschener Schlund den Gestank von Öl und Fett aus. Lampe inhaliert bereitwillig und wohlig diese Ausdünstungen.

«Wissenschaft», entfährt es Lampe, und er assoziiert «Heimat».

Der Himmel über dem Haus verdichtet die Atmosphäre, denn die Wolken wirken, als hätten sie mit Schwarzpulver experimentiert.

Zunächst sieht Lampe nur die Silhouette, die über eine hell erleuchtete Wand huscht und immer größer wird. Als der Schattenriß plötzlich verschwindet und die Person nicht erscheint, bleibt Lampe zunächst mit halb geöffnetem Mund stehen. Irritiert. Der Mann müßte ihn doch bemerkt haben.

«Ihr seid pünktlich, das gefällt mir.»

Lampe dreht sich erschrocken um und kämpft mit seiner Überraschung. Ein gereizter Tonfall in der französischen Stimmfärbung des Mannes wirkt bedrohlich, als würde er einen Groll unterdrücken, der unter der Oberfläche brodelt und nach oben drängt. Das Gesicht: ein schmales, spitzes Gesicht, das Ärger gespeichert hat. Die Augen: Sie flackern unruhig, beurteilen ihn mit geringschätzigem Blick. Die Lippen: streng und schmal, nur kurz wohnt ein Lächeln im linken Mundwinkel, wird aber sofort von einer nächsten Regung gekündigt.

«Trinken wir zur Begrüßung ein Würzburger Bier. Sie sehen, ich habe mich bereits assimiliert.» Papin bittet ihn mit einer knappen Höflichkeitsgeste herein, wie jemand, dem die Störung lästig ist.

«Assimiliert hat Er sich», wiederholt Lampe und entscheidet sich, nicht länger über die Bedeutung dieses Wortes nachzudenken.

«Ich liebe das deutsche Bier, zumal mir der Wein dieser Gegend nicht bekommt. Der ‹Würzburger Stein› verlangt nach einem rustikalen Magen», bekennt Papin, gießt ein, und diese Handbewegung des Kippens überträgt sich unmittelbar auf seine Laune. «Das Bier ist so philosophisch. Wolken, die sich am Horizont mit dem Brauwasser vermählen. Die Unendlichkeit in einem Glas. Eine Unendlichkeit, die man trinken kann.»

Papin hebt den geschliffenen Glaskrug und stößt mit Lampe an.

«Ja», stimmt Lampe zu. «Das Bier ist wie das große Trans.»

«Wie das große Trans. Natürlich», bestätigt Papin, urplötzlich dümmlich vor Erstaunen dreinblickend, eilig.

Aber jetzt ist Lampe nicht mehr zu bremsen. Bisher habe er, Lampe, in Elektrizität geforscht. Und ob er Franklin kenne, der sei doch auch ein Franke. Und ob er von Divisch gehört habe, dem braven Theologus electricus. Also dieser Divisch habe seinen Hund geopfert. Wissenschaft heiße Opfer bringen. Lampe hebt kurz die rechte, noch bandagierte Hand – diese kleine Verwundung sei nicht der Rede wert, was sei schon die Verbrennung eines einzelnen gegen das Glück der vielen, das daraus erwachse; und ob Papin denn auch schon Ergebnisse vorweisen könne; vielleicht ließen die sich mit seinen Ergebnissen kombinieren – «kombünieren», sagt Lampe betont frankophil – , jedenfalls sei er hier, um diesen harten Gegenstand mit Hilfe des Wassers zu zerstören, und Papin könne ihm assistieren, wenn es denn seine Zeit erlaube, aber nein, nun überfalle er seinen Gastgeber bereits mit Vorschlägen, vielleicht wolle Papin doch lieber zunächst einmal berichten, wie weit er denn schon sei …

Sehr ungraziös, so gar nicht französisch, umklammert Papin die Stuhllehne. Vielleicht ist dieser Lampe nicht nur ein Mitarbeiter Kants, argwöhnt er, sondern auch beauftragt vom hiesigen Fürstbischof zu überprüfen, ob er, Papin, mit den Geldern auch angemessen umgehe. Seine letzte Vorführung hatte in einer Katastrophe geendet. Er spürt noch den aufmunternden Klaps auf seiner linken Schulter. Das damals laut geäußerte Bedauern über das frühe Ableben seines *verläßlichen* – ein gräßliches deutsches Wort, denkt Papin – und großen Vaters empfand er als Demütigung. Und erst sein Großvater! Was für ein Genie!, hörte er die Runde sagen. War dieser hier also ein Spion? Drohte jetzt eine Kürzung seines Etats? Dabei hatte Papin doch immer betont, seine Forschungen ließen sich auch militärisch auswerten, seien also eine Investition in die Zukunft!

Die Köchin, die so gar nicht in das Klischee einer Köchin paßt, unterbricht Papins wild jagende Gedanken und fragt nach besonderen Wünschen für den Mittag. «Wie stets am Donnerstag», entscheidet Papin und entschließt sich, Lampe als Vorspeise eine Kostprobe seiner physikalischen Kompetenz zu präsentieren, die Lampes Appetit auf die Experimente in der Tat anreizen:

Balancier
Kondensator
Transmissionsriemen
Sonnenrad
Planetenrad

Jedesmal nickt Lampe ganz entschieden, wiederholt sogar einige Ausdrücke und legt ihnen einen magischen Klang bei: «Ja, ja, das Sonnenrad, ein tückisch Ding» – und Papin (Angeberei? Ehrgeiz? Oder verschleppte Angst?) steigert sich, benennt wortreich Unterschiede in den Dampfmaschinen von Savery, Newcomen und Watt – und wieder stimmt Lampe äußerst arrogant zu, spreizt dabei sogar sehr französisch den kleinen Finger etwas ab –, «Watt», sagt Lampe und hofft, es möge keinen Fisch geben, aber da kommt schon die Köchin zurück und bittet zu Tisch.

«Ist denn schon angerichtet?» fragt Lampe verdutzt.

Und jetzt lächelt Papin zum erstenmal ausdauernd, für seine untrainierten Gesichtsmuskeln wohnt ungewöhnlich lange das Lächeln in seinem Gesicht. «Eine Erfindung meines Großvaters», betont er mit Stolz in der

Stimme. «Wir werden es später für unsere kleine Forschung ausnutzen. Er wird begeistert sein.»

Es gibt keinen Fisch zum Mittag.

Die Köchin und die Küchengehilfin schauen verwundert auf, als Lampe und Papin die Küche betreten, ziehen sich dann aber, auf einen Blick Papins hin, kichernd zurück.

«Hier werden wir ein wenig experimentieren.» Papin hat durch das Essen und das Bier seine Ruhe zurückgewonnen. «Kennt Er sich in diesen Experimentierlaboratorien denn aus?»

Die Frage ist halb ernst gemeint, aber Lampe fängt sofort an zu plappern, über seine Erfahrungen mit Gänsen, die mit Fenchel gefüllt werden müßten, der Verdauung wegen; oder Hasen, die in Buttermilch eingelegt, schneller gar würden.

«Dazu braucht Er keine Buttermilch, sondern diesen Digestor oder Dampfkochtopf hier. Das zäheste Fleisch des ältesten Rindes kann so zart und schmackhaft werden wie das beste Stück eines jungen Kalbes. Denn, glaube Er mir, was wir vorhin gegessen, war, wie Er vielleicht vermutet hat, durchaus kein Kalb.»

Milde Verblüffung steht in Lampes Gesicht, als er den Digestor gründlich mustert. «Durchaus kein Kalb?» Lampe furcht die Stirn. «In diesem Topfe?» Er klopft auf das Gehäuse. «Durchaus kein Kalb?» Lampes Gesicht arbeitet, dabei blähen sich die Nasenlöcher, ein sicheres Indiz für höchste Konzentration. «Durchaus kein Kalb also. Nun denn. Versuchen wir das Geheimnis weich zu kochen.»

Lampe händigt Papin das Objekt mit übertriebener Vorsicht aus, obwohl Vorsicht beileibe nicht angebracht scheint. Papin wirft einen kurzen Blick darauf, legt es dann in den gußeisernen Topf, gießt aus einem Porzellankrug Wasser auf und verschließt den Topf mit einem Deckel, der, wie Lampe findet, einen lustigen Kamin hat. Jetzt noch die Sicherheitsklemme. Seine neueste Verbesserung, wie Papin stolz verkündet. Fertig. Papin befeuert den Herd. Beide warten schweigend.

Ppppfffft.

Dieser pfeifende Ton erinnert Lampe an Schlachtgetümmel. Erschrocken schaut er zu Papin. Aber dessen Miene bleibt ganz ruhig.

«Druckausgleich», sagt Papin.

«Druckausgleich», echot Lampe. Dann stehen sie wieder und warten.

(Wie lange beide warten? Später wird Lampe diese Frage Kants mit dem Satz beantworten: «So lange wie es braucht, das älteste Rind der Welt so zart wie ein junges Kalb zu schmoren.»)

Papin nimmt den Topf vom Feuer und gießt kaltes Wasser über den Deckel. Wiederholt noch einmal die gleiche Prozedur.

«Druckausgleich», erinnert Papin.

«Selbstverständlich. Druckausgleich», bestätigt Lampe.

Vorsichtig entfernt Papin die Klemme und öffnet den Topf. Eine heiße, schwefelige Wolke entsteigt dem Kochtopf und läßt beide husten, ein stickiger, brennender Husten, der tief in die Eingeweide hinabreicht und einen Unterdruck erzeugt. Papin erbricht, wiederum sehr unfranzösisch, direkt auf den Herd.

Lampe, sich seiner Pflicht bewußt, entwindet Papin behutsam die Zange, um nach den Resten der Scherbe im Topf zu forschen. «Die Franzosen sind sehr verweichlicht», spottet Lampe leise, als er sich dem Topf nähert. Die bandagierte Hand hält er sich zum Schutz vor den Mund, während er mit der Zange im Topf herumstochert. Er spürt auf dem Boden einen harten Gegenstand und fördert ihn mit wenig Mühe aus den noch immer dampfenden Urfluten nach oben. Gekocht, aber heil. «Durchaus kein Kalb», bestätigt Lampe. Papin ist im Augenblick etwas zu indisponiert, um darüber zu lachen, und entschließt sich, den Mund fest geschlossen zu halten.

«Können wir ihn hier liegenlassen, so ganz allein und so ganz einsam?» Der Blick der Köchin ruht wie Watte auf dem noch unaufhörlich zuckenden, schwitzenden Körper Papins. Jetzt greift sie wieder zu einem mit Essig getränkten Schwamm und wischt sehr elegant Papins Mund ab, der kaum vernehmbar flüstert: «Mais oui! Mais oui!»

Und Lampe?

Sieht Lampe das zerbrechlich wirkende Handgelenk der Köchin, die früher zart gewesen sein muß? Registriert er den leichten Flaum, der die Oberlippe geheimnisvoll verschattet? Entdeckt er den Leberfleck auf der linken Wange, der aufgemalt sein könnte? Sieht er wirklich die akkurat gefeilten Fingernägel, die keine Handarbeit verraten? Bemerkt er die ersten silbernen Haare, die im Kerzenschein reflektieren? Entdeckt er die fein geschwungenen Augenbrauen, die an Marie Antoinette erinnern? Oder sieht er nur die schweren Brüste, die wie Bojen im Wasser schaukeln, wenn sie sich bewegt? Oder sieht er nur die breiten Hüften, die umschlungen werden wollen, und das imposante Gesäß, das getätschelt werden will? Oder faszinieren ihn nur die leicht vorspringenden Lippen, die beim gehauchten *oui* immer zum Kuß auffordern?

Ich glaube, es ist der Tonfall der Stimme, die französische Sprachmelodie, die den gelernten und gestandenen preußischen Soldaten an Eroberung denken läßt.

«Er ist durchaus nicht verletzt. Durchaus nicht. Nun wird Er gut schlafen, und morgen wird Er wieder seinen Mann stehen.»

Ein befehlender Tonfall, der keinen Widerspruch duldet.

Lampe nimmt die Köchin an die Hand und geht zum Angriff über, zieht sich hinter die feindlichen Linien in seine eigene Logis-Kammer zurück und zeigt der Köchin die preußischen Stellungen, die sie durchaus beeindrukken, glaubt man dem gehauchten «mais oui, mais oui!», mit dem sie ebenso wie zuvor ihr leidender Chef andeuten will, nicht wirklich verwundet zu sein.

Zunächst umfaßt Lampe erstaunlich zart die zerbrechlichen Handgelenke, registriert beim ersten Kuß ein leichtes Kitzeln, berührt mit den Lippen vorsichtig das Muttermal, das nicht aufgemalt ist, weil ein kleines Härchen, wie er spürt, herausragt, grunzt kurz auf, als ihre Fingernägel sich in seinen Rücken eingraben und Kenntnisse im Umgang mit Fleisch verraten, und als seine Nase durch ihre Haare fährt, blendet ihn kurz eine silberne Strähne, «das Gesicht kommt mir bekannt vor», denkt er, déjà vu, als die Köchin die Augen schließt und die Augenbrauen sich in ihrer ganzen Schönheit offenbaren. Aber dann knetet und formt er gierig an den schweren Brüsten, umschlingt entschlossen die Hüften, um das (wirklich imposante!) Gesäß zu tätscheln, drückt mit aller Macht seinen Mund auf den ihren und fährt mit der Zunge hinein, als wolle er die leicht vorstehenden Zähne korrigieren.

Und seien wir ehrlich: Lampes Bewegungen sind sehr preußisch, eine Spur zu zackig, ohne jede Variation, kontrollierte mechanische Bewegungen, die verständlich machen, wie begeistert er morgen sein wird, wenn er, der Dampfmaschine ansichtig, deren gleichmäßige Bewegungen lobt und denkt, die wahre Maschine sei der Preuße.

Aber vielleicht empfindet auch die Köchin in diesem Augenblick wie Lampe und ist froh darüber, die französischen Spielereien und Näschereien einmal nicht über sich ergehen lassen zu müssen. Endlich erhält sie eine Ahnung davon, wie eine Maschine fühlt, von der ihr Papin und seine Mitarbeiter in den langen und feuchten Nächten in Würzburg erzählen, seine Mitarbeiter, die alle leider viel zu verspielt und ridicule sind, um wie Maschinen zu funktionieren. Anders Lampe. Lampe funktioniert und dampft, wie Ingenieure es sich nur wünschen können. Und auch Lampe trägt etwas davon, denn als er nach dem Druckausgleich von ihr abläßt, entfährt ihm ein «mais oui, mais oui», das deutlich macht, wie stark er bereits französisch infiziert ist.

Gelb.

Man könnte an Gelbsucht denken. Aber gelbsüchtige Menschen sehen nicht wirklich gelb aus. Allenfalls erinnert das Augenweiß an verwaschenen und gelblich gewordenen Damast. Papin aber *ist* gelb. Sieht aus wie ein Dörrapfel, der geschwefelt wurde, um ihn haltbar zu machen. Und die Haut schrumpelt weiter, während Lampe mit einem wirklich sehr gesunden Appetit gebackenes Fettgebäck, Wurst und gebratene Eier in sich hineinschaufelt und dabei erklärt, wie begeistert er über die Forschungen sei, die man gestern durchgeführt habe, dieser «Digestor!», ein wirklich ganz erstaunlicher Wundertopf, sofern denn das Abendessen wirklich durchaus kein Kalb gewesen sei, heute, ja heute übrigens gebe es Lamm, das liege nicht so schwer im Magen, ja, ja, die Wissenschaft, gestern abend habe er, Lampe, noch sehr lange über die Experimente nachgedacht und versucht, sich in die französischen Maschinen einzufühlen, er glaube, Papin sei wirklich auf dem richtigen Weg, und wenn er dem Fürstbischof wieder einmal begegne, werde er es ihm auch mitteilen, und warum Papin eigentlich nichts esse?

Der vorletzte Satz wirkt Wunder, denn ein Hauch von Optimismus zieht in Papins Gesicht ein, und wir sehen, wie er Weißbrot in seinen Milchkaffee tunkt und entschlossen zum Mund führt, der sich ganz bereitwillig öffnet. Papin ist auf dem Weg der Besserung, aber ja, es gehe bergauf, keine Frage, und wie glücklich er sich schätze, einen so verständigen Wissenschaftler wie den Magister – sagt er wirklich «Magister?» – Lampe zu treffen, der offensichtlich beurteilen könne, wie hier die Wissenschaft pulsiere, und Lampe dürfe gerne noch eine Portion Eier zu sich nehmen, bevor man in die Werkstätten gehe, bereits gesättigt?, nun gut, dann wolle man sich also aufmachen, und ob Lampe denn wisse, was «ein Papin» sei, und Lampe lacht und lacht – mit vollem Mund, so gar nicht preußisch, wie lustig aber auch die Franzosen seien, man habe mit ihnen doch wirklich viel Spaß, und Spaß sei allemal besser, als Kriege zu führen.

Augenscheinlich saugte gestern abend der Himmel die schwefeligen Dämpfe auf, denn gelbliche Gewitterköpfe ziehen draußen Fratzen, als wollten sie sich bald wie weiland gestern abend Papin entleeren, aber Lampe, eigentlich Kenner der Materie, gönnt den Wolken keine Aufmerksamkeit, beobachtet angeregt einen heranwachsenden Jungen, der runde Stoffknäuel mit dem rechten Fuß an einer Mauer aus Gerümpel vorbei auf ein Scheunentor befördert.

«Amüsant», bemerkt Lampe.

«Das ist Jean-Pierre Papin, mein Jüngster, der meiner Frau das Leben kostete. Er ist leider, leider» – und jetzt spricht wirklich väterliche, aber doch sehr milde Resignation aus der Stimme Papins – «an der Wissenschaft bisher überhaupt nicht interessiert, er ist eine faule Grete und kanoniert den ganzen Tag über wie ein Verrückter mit Stoffkugeln das Tor.»

Vielleicht, so gibt Lampe in weiser Voraussicht zu bedenken, würden die Kanonenkugeln dereinst so leicht, daß junge Burschen wie Jean-Pierre Papin sie mit den Füßen kunstgerecht in die feindlichen Stellungen befördern könnten, oder vielleicht – und hier zeigt sich der prophetische Geist Lampes – erfinde er ein Spiel, die Fußkanonade, eine Belustigung wie das Kegeln, geeignet, um den Soldaten in den Schlachtpausen die Langeweile zu vertreiben, eine Übung mit militärischem Nutzen also. Und Narren würden doch immer gut bezahlt.

Ach Lampe! Wie findest du nur immer die güldnen Worte, um Papin aufzurichten aus Resignation und Depression. Wie spürst du, was not tut. Wie einfühlsam du sein kannst. Deine Worte sind wie Balsam. So heilend. So pflegend. Eine wirklich beseelte Maschine bist du! Wie wurdest du bisher mißverstanden! Warum hat Kant nicht entdeckt, was in dir steckt?

«Hier.»

«*Ahhh.*»

«Die Dampfmaschine.»

«Natürlich.»

«Feuerung, Kessel, Kolben, Dampfrohr, Balancier, Speisepumpe.»

«Welch geniale Leistung.»

«Leistung wird gerechnet in ... nun?»

«Papin!»

«Bon. Leistung = Papin = P = Kraft mal Weg durch Zeit = $\frac{F \times s}{t}$. Bon?»

«Bon!»

«Den Wirkungsgrad berechnet er, aber wem sage ich das, über die Nutzleistung Papin$_n$ und die aufgewandte Leistung Papin$_a$,

$$\eta = \frac{W_n}{W_a} : \frac{P_n \times t}{P_a \times t} = \frac{P_n}{P_a}.\text{»}$$

«Bon!»

«Und jetzt werden wir dieses vermaledeite Ding unter dieses Hammerwerk legen und es zerstören. Gebe Er mir, nein, besser, lege Er mir das Ding hierhin.»

Lampe zögert. Befühlt seine Weste. Es fehlt. Er, Lampe, hat es aus den Augen verloren. Oder hat vielleicht die Köchin gestern abend, als er ermattet einschlief, es entwendet? Wurde er unter Tage ausgeraubt? War er einer Intrige zum Opfer gefallen? Wurde er mit den Waffen der Frau im entscheidenden Augenblick, im finalen Angriff doch noch geschlagen?

Sie sehen Lampe laufen. Er schaut nicht nach rechts, nicht nach links, rennt direkt in die Küche, schüttelt die Köchin recht uncharmant, ruft: «Das Ding. Das Ding», die Köchin schaut verwundert, schlägt ihm auf die Finger, zeigt auf den Tisch: «L'objet obscur?» Lampe ist schon dort, prüft kurz, ob das Ding auch unbeschädigt, und rennt, ohne die Köchin auch nur eines Blickes zu würdigen, wieder zu Papin hinaus, der bereits seine Maschine befeuert.

«Dorthin.»

Fünf Mitarbeiter von Papin haben sich inzwischen eingefunden und starren – mit Sengen in der Brust – auf dieses Experiment.

(Ich nenne die Personen, weil sie verläßliche Zeugen sind, die einzigen Zeugen, die damals Auskunft hätten geben können, hätte, ja hätte man sie rechtzeitig befragt. Und noch immer ist die Möglichkeit nicht auszuschließen, es gebe überlieferte Dokumente dieser fünf, die den genauen Ablauf des Experiments verzeichnen. Es will mir nicht in den Kopf, keiner dieser fraglos klugen Forscher habe dieses Erlebnis nicht irgendwo vermerkt, in einer unscheinbaren Tagebuchnotiz vielleicht oder in einem Brief an Freunde oder Verwandte. Ich ermittle an dieser Stelle weiter.)

Philip, ein kompakt gebauter Mann mit überlangen Händen, etwas devot, ihm mangelt es an Entschlossenheit, deshalb kommt er auch bei der Köchin stets als letzter an die Reihe; Paul, ein langer Schlaks, kaum der Pubertät entwachsen, kommentiert pausenlos, aber sprachlich gewandt, und deshalb verzeiht ihm Papin nahezu alles. Paul ist der Freund von Albert, einem Mann in den besten Jahren, von gedrungener Statur, mit verschränkter Armhaltung, die es ihm erlaubt, nicht immer mit anfassen zu müssen; aber weil er auf die anderen unnahbar wirkt, wagt keiner, ihn anzuschwärzen, im Gegenteil, wenn Albert den anderen ein Lächeln schenkt, dann hoffen sie, er möge seine Arme auf ewig so überlegen verschränken. Bewundert wird er vor allem von Jacques,

mit dem traurigen Blick der Hugenotten, stets etwas über-
eifrig, immer zuvorkommend, aber niemals aufdringlich,
und doch begierig nach Zuneigung, die ihm Albert zu-
teilt, wenn er ihn mit einem kurzen Blick streichelt. Bleibt
noch Adrian. Sein Äußeres ist ganz unverdächtig. Mehr
ist über ihn nicht zu sagen. Allenfalls noch dies: Die
Köchin zieht ihn vor und gibt ihm oft einen Nachschlag,
ohne daß die anderen wirklich neidisch werden.

Jacques befeuert den Ofen, prüft noch einmal die Ven-
tile. Die Kommandos, kurz und präzise, erteilt Albert.
Philip schiebt die Scherbe mit seinen überlangen Händen
noch einmal in eine etwas andere Lage. «Es wird gelingen. Es wird gelingen. Ein historischer Augenblick. Und
wir können sagen, wir seien dabeigewesen.» So Paul.
Adrian verhält sich unauffällig und mustert Lampe, der
ihm gestern abend seinen nächtlichen Spaß vermasselt
hat. «Militärischer Nutzen», denkt Papin und fühlt sich
wohl in dieser Mannschaft, seiner Mannschaft. Ein wich-
tiger Augenblick, den diese Menschen jetzt gleich gemeinsam erleben werden, steht unmittelbar bevor. Das
spürt hier jeder. Dieser Augenblick wird ihr Leben verändern.

Das Wasser fängt an zu sieden. Albert nickt, und
Jacques öffnet das Ventil mit einer Geste, die sich der Bedeutung bewußt ist.

Sssssccccchhhhh!

«Attention! Attention! Vive la France!» bricht es aus
Paul heraus, der seinen Emotionen freien Lauf läßt und
von Papin ein nachsichtiges Kopfschütteln erntet, von

Lampe aber mit einem kurzen Blick gestraft wird, der nicht spurlos an ihm abperlt: «Vive Würzburg!»

Nur Adrian bleibt unauffällig.

Der Kolben setzt sich in Schwung, überträgt die Kraft auf den Balancier.

«Imposant», entfährt es Lampe. «Diese Gleichmäßigkeit der Bewegung.»

Jacques atmet kurz durch – die Spannung ist ihm anzumerken –, dann entriegelt er einen Bolzen, und jetzt fährt das Hammerwerk mit aller Macht auf die Scherbe nieder.

Nein. Kein Splittern. Auch kein Funkenschlag. Ebensowenig schwefelige Ausdünstungen. Vielmehr ein Ton. Ein dumpfer, markerschütternder Ton. Und wieder fährt der Hammer nieder. Ein Ton wie ein Warnsignal, tief und an ihnen zerrend. Ein dritter Schlag.

«Eine Melodie. Hört, eine Melodie. Die Maschine singt.» Paul reagiert als erster. «Ein Wunder. Ein Mirakel. Ein Enigma.»

Und jetzt erkennen auch die anderen eine Tonfolge, eine Melodie, die sie am ganzen Körper ergreift. Auch Lampe, auf dem Gebiet der Musik bisher nicht wirklich bewandert, wird von dieser Melodie gefangengenommen, formt die Lippen, als wolle er leise mitpfeifen, findet den Ton aber nicht.

Die Melodie wird von der Maschine wieder aufgenommen, eine aufrüttelnde, warnende Tonfolge, die bei allen einschlägt, unmerklich drängen sie sich aneinander, um Schutz zu suchen, wie eine Herde auf offenem Feld bei Gewitter. Adrian, dem Unauffälligen, treten Tränen in die Augen. Haben alle ihn unterschätzt? Ist er durchaus anfällig? Verletzlich? Philip wirkt in seiner Kompaktheit wie ein Berg, an dessen Hängen die anderen Schutz suchen. Paul schweigt jetzt, das größte Leiden, das ihn befallen kann. Unmerklich gleiten Alberts Arme nach unten, hängen schlaff herunter, als habe ihn der Schlagfluß ereilt. Papin fühlt eine Hitze in sich aufsteigen, die er seit frühester Jugend nicht mehr verspürt. Lampe versteht nicht recht, was mit ihm geschieht. Er denkt an nichts, aber diesmal empfindet er die Leere als lastend, eine Platzangst in seinem Innern, die ihn verstört. Ein bebendes Staunen.

«La joie se transforme en tristesse», hören alle, und es ist Jacques, der leise und dann immer deutlicher einstimmt:

«La joie se transforme en tristesse,
La beauté se flétrit comme une fleur,
La plus grande force devient faiblesse,
La fortune change avec le cours du temps,
C'en est bientôt fait de l'honneur et de la renommée,
La science de toutes les créations de l'esprit humain
Sont finalement anéanties par la tombe.»

Ein langgezogener Ton, dann schweigen Jacques und die Maschine. Keiner applaudiert. Die anderen stehen noch immer im Halbkreis, dichtgedrängt.

Erst ein Wort Pauls löst die Spannung.

«Kolbenfresser.»

Die völlig verängstigte und gelähmte Gruppe wird von diesem Satz mit Energie gefüttert, denn jetzt rennen alle aufgeregt durcheinander, Jacques springt zur Pumpe und dreht das Ventil zu, Paul unterbricht die Feuerung, Albert und Philip holen Eimer mit Wasser, um die Maschine abzukühlen, die überall leckt und zischt. Papin stammelt nur: «Mon Dieu, mon Dieu! Deus ex machina! Deus ex machina!» Und Lampe rettet die Scherbe, die unbeschädigt ist, allerdings wird bei dieser Aktion Lampes linker Arm vom heißen Wasserdampf leicht verbrüht.

Kolbenfresser.

Es ist alles sehr, sehr schnell gegangen. Jetzt sitzen die sieben erschöpft auf dem Boden, die erste Erregung verebbt, aber kein Verstehen keimt auf. In ihren Gesichtern wohnt noch das Erschrecken. Und Lampe spürt die plötzliche Kälte, die aus den niedergeschlagenen und überhitzten Gesten der anderen spricht. Lampe ist der einzige leicht Verwundete. Aber auch die anderen sind verletzt, nicht nur schmutzig und verschwitzt. Ihr Forscherhirn hat Risse bekommen. Können Maschinen singen? Können Maschinen Menschen, ihren guten, schlichten und einfältigen Jacques zu Texten inspirieren? Wer ist denn hier die Maschine? Oder ist die Maschine besessen? Geht der Zauber vielleicht von der Scherbe aus, die dieser Magier aus dem Norden hier angeschleppt hat? Gibt es also noch Zauberei? Und warum sagt Papin nichts? Warum sitzt er da, zusammengesunken, ohne Bestimmtheit in den Gesten, nur immer murmelnd: «Kein Wort. Hör Er her! Kein Wort!» Und alle schauen zu Lampe hinüber, Albert, der nur einmal kurz versucht hat, seine Arme stoisch zu verschränken, Philip, aus dessen Hände alle Kraft gewichen scheint, Paul, der etwas wie «Halluzination» grummelt, Adrian, der beschlossen hat, nicht länger ein Mann ohne Eigenschaften zu sein, und Jacques, der sich entschieden hat, den Beruf zu wechseln.

Und Lampe?

«Doch keine preußische Wertarbeit, diese Maschine», denkt Lampe und sagt: «Zum Fürstbischof keine Depesche. Darauf hat Er mein Ehrenwort.»

Dann erhebt Lampe sich, geht in das breitschultrige Haus und läßt sich von der Köchin ausgiebig verbinden, die ihm danach geschwind die Sachen packt und ein ansehnliches Geschenk beilegt.

(Die Köchin reist nur wenige Monate später nach Frankreich zurück, heiratet, nach ihrer kurzzeitigen Genesung, einen in französischen Diensten stehenden Preußen und gebiert ihm vier Söhne. Der älteste Sohn wird Anfang des neuen Jahrhunderts jene Konservierungsmethode entdecken, die dann die Kochkunst revolutioniert. Leider kann die Köchin diesen Erfolg nicht auskosten, weil sie, wie die Ärzte vornehm diagnostizieren, an einer Sepsis, noch nicht einmal fünfundvierzigjährig, stirbt.)

Ohne sich von Papin und den Mitarbeitern zu verabschieden, macht sich Lampe auf zur nächsten Poststation. Als er sich auf einer nahen Anhöhe noch einmal umdreht und den geschlagenen Haufen der Männer sitzen sieht, spricht er eine sehr schöne und würdige Tröstung aus:

«Ihr seid es wert, daß man sich Eurer erinnert.»

Leider hat niemand Lampe aus dieser Entfernung verstehen können.

Dritter fliegender Brief

Herzenslieber Lavater,

so kauderwelsch red' ich, so kauderwelsch schreib' ich. Sie beten in Ihrem letzten Brief um Mut, nicht unter der Last der Geschäfte zu versinken – und mir vergeht aller Mut unter der Last langer Weile. Wie gerne sehe ich stets einer Sendung eines neuen Buches von Ihnen entgegen, das die lange Weile so angenehm verkürzt. Ich begreife selbst nicht, wie meine Gesundheit bei der sitzenden Lebensart, bei dem starken Appetit zu essen und zu trinken und zu schlafen bestehen könne. Mein Magen beschwert sich über die Unmäßigkeit; jedes Glied hat sein Gefühl, das es warnt vor einem Gegenstand, der ihm nachteilig ist. Dies ist sein physisches Gewissen.

Bei aller meiner Untätigkeit eines sympathetischen Zuschauers tun mir manchen Abend die Knochen so wehe, daß ich manchmal kaum die Nachtwächter-Stunde abwarten kann, sondern mich mit vollem Halse in die Federn werfe mit einem: O wie gut wird's sich nach der Arbeit ruhn! Wie wohl wird's tun!

Und dann, an einem Tag tiefster Schwermut, lese ich Ihren lieben Brief, der mir zunächst ein Seil des Trostes zuwirft, mich dann aber in tiefste Zweifel stürzt und mich nicht ruhig schlafen läßt. O Liebster. Gürte Deine Lende und lehre mich. Aber führe mich nicht in Versuchung. Was ich habe von meiner akademischen Jugend an nicht ausstehen können, ist die Rede von dem einen zureichenden Grunde, aber

in dem Traum Ihres Geistersehers wird ein wahrer Mani-
chaeismo*daraus: ein guter Gott und ein böser Herr der Welt.
O nein! Jener Traum tröstet mich nicht. Zwar habe auch ich
allenthalben Widersprüche in den Elementen der materiel-
len und intellektuellen Welt gefunden und das principium
coincidentiae oppositorum** hochgehalten, weil man nur so
die zwo Naturen in Christo denken kann, deshalb auch folge
ich dem uraltwahren Spruch des «Eins und Alles», stapfe von
Metapher zu Metapher, wechsle dauernd meinen Sprach-
rock, um das entlegenste zu verbinden, züchte Stilblüten mit
dem Tintenfaß und wähne mich zuweilen im Delirium, wenn
ich Texte lese, die ich erst vor Wochen geschrieben.

Aber, lieber Bruder: Hier sage ich: Nein! Nein! Der Teu-
fel ist nicht der Herr der Welt! Der Unglaube und dieser
Aberglaube gründen sich auf eine seichte Physik und eine
seichte Historie. Vielleicht hat Adam wirklich wie weiland
Faust dem Teufel die Seele überschrieben und ist ihm auf
den Leim gegangen, auf den Leim sage ich, denn ein Herr
der Welt war er nicht.

Aber liebster Freund, lassen Sie mich mehr wissen von den
Träumen Ihres Freundes, die von pseudobiblischer, beinahe
apokrypher Qualität und die mich so in Verwirrung gestürzt
haben. Ich werde mich mit meinem lieben Herdern darüber
austauschen, denn Kant mag vom Wunderglauben gar nichts

---

* Der Manichäismus geht auf ein Werk des Persers Mani im dritten Jahrhundert zurück. Der Grundgedanke ist ein schroffer Dualismus: Die zwei
Urelemente Licht und Finsternis stehen einander gegenüber.

** Zusammenfall der Gegensätze in Gott. Den Begriff prägte Nikolaus
von Kues.

wissen und nötigte uns, dieses Object zu prüfen, aber es wei-
gert sich zu gestehen, obwohl wir es zu zwingen wissen. Kant
arbeitet frisch drauflos an seiner Sittenlehre, obgleich er sei-
ne «Kritik der reinenen Vernunft» noch nicht beendet, und ist
ganz davon eingenebelt. Und obwohl ich in größter Hoch-
achtung von Kant spreche, bin ich doch skeptisch diesem Un-
terfangen gegenüber. Moral ist nichts als Syntax, abhängig
von der Sprache, die Überlieferung, Tradition und Glauben
speichert, und keine allgemeine Menschenvernunft kann a
priori festlegen, was zu tun ist. Hier liegt auch der Knoten
in der <u>Kritik der reinen Vernunft</u>, liebster, bester Lavater.
Kants Anliegen ist edel und lobenswert, hat doch der Empi-
rismus, der fordert, alle Erkenntnisse müßten den mühsamen
Weg über die Sinneserfahrung nehmen, unbedingte und ex-
akte Erkenntnisse, wie sie die Naturwissenschaften fordern,
scheinbar unmöglich gemacht.

Ist es nun gleichwohl möglich, fragt Kant, synthetische
Urteile a priori, also erfahrungsunabhängige Urteile zu fäl-
len? Ich hatte die Ehre, mit ihm öfter die Frage zu verhan-
deln. Arbeitet nicht auch die Mathematik mit dem Unbe-
dingten, das nicht aus der Erfahrung, sondern nur aus der
Vernunft selbst kommen kann? Wie also ist es um die for-
male Struktur der Vernunft als Bedingung der Möglichkeit
von Erfahrung bestellt, deren Aufgabe es nun ist, die sinn-
lichen Eindrücke fein säuberlich zu ordnen? Ja und nochmals
ja! Welch großartige Frage, deren hoffentlich bald allen zu-
gängliche Antwort die alte Metaphysik ruinieren wird, denn
die stolze Vernunft bekommt einen krummen Rücken, weil sie
die Sinneseindrücke ordnen muß, kein Objekt an sich zu er-

kennen vermag und den Himmel nur anfauchen kann wie eine Katze. Aber nun frage ich, die lächerliche Maus, nun frage ich den großen Kant: Ist die Struktur der Vernunft denn immer gleich? Ist nicht auch die Vernunft abhängig von Sprache? Kann denn die Vernunft auch das Organ ihrer eigenen Kritik sein? Ist diese Vernunft nicht immer noch zu stolz?

Ein andermal mehr davon.

Dieweil tröste ich mich mit Ihren neuen Physiognomischen Fragmenten, die mich am Tage Simonis Judä erreichten und mir von allen Ihren Schriften die innigste Freude gemacht. Es ist mehrmals eine Nacht mein Kopfkissen gewesen und des Tags mein Taschentuch. Der letzte Teil Ihres Buches hat mir ebensosehr wie dem ganzen Publico gefallen und mich nicht eben wenig erbaut. Meine wenige Zeit und mein noch immer nicht geschwächter Appetit zum Lesen nötigen mich gewöhnlich, die meisten Bücher im Flug durchzugehen, und ich muß sagen, daß ich mich bei dieser Methode besser als beim gemächlichen Lesen befinde, aber Ihr Buch, Gevatter, habe ich buchstabiert und meine Seele daran gelabt. Nächstens mehr zu den Leckereien dieser Lektüre.

Mein neues Manuskript sieht wie ein Embryo aus, und ich weiß nicht, wie ich es gesund zur Welt bringen soll. An Lust und Stoff zur Fortsetzung fehlt es mir nicht, aber an Kräften und Laune. Mir ist der Kopf so wüste und mein Gedächtnis so stumpf.

Kein Jahr habe ich so mit Zittern, mit Angst und Überdruß als das überstandene beschlossen, und beinahe möchte ich Engel und Geister an meinem Schicksal hämmern gehört *haben. Unterdessen stehen auch unsere Phantasien, Illusionen und Trugschlüsse unter Gottes Geleit.*

Gott gebe nun, daß Sie diesen Brief lesen können, ich aber bin mit unwandelbarer Freundschaft Ihr ergebenster Freund und Diener

Johann Georg Hamann

Adresse: An / Herrn Johann Caspar Lavater / Diakon zu St. Peter / zu Zürich

Träume eines Geistersehers

Mein geehrter Freund!

Ihren lieben und werten Brief habe ich erhalten, und wie schmerzt mich, was ich lesen mußte. Und wie quäle ich mich bei dem Gedanken, wie der Traum, den ich im letzten Brief notierte, Sie in Zweifel stürzte. Es ist mir leid, Sie in Verlegenheit gesetzt zu haben. Ich setze nicht gern einen Gegner in Verlegenheit, geschweige denn einen Bruder. Auch ich sehe den Abgrund offen; schaudere und schaudere nicht. Und ich argwöhne, ob mein heutiger Brief Sie wieder aus der Verlegenheit herausheben kann, weil Sie mehr von den aufgeschriebenen, biblischen Träumen eines Geistersehers wissen wollen und von dem unheiligen Manicheismo zurückschrekken. So tue auch ich.

«*Und Gott, der Herr, sprach zu Elia, dem Thisbiter, aus den Bürgern Gileads: Mache dich auf und gehe hin zum Jordan und bleibe daselbst, hocke am Ufer und wate durch das Wasser vierzig Tage, damit du austilgst die Handschrift, die wider das Menschengeschlecht zeugt.» Und Elia machte sich auf, ging gen Zaparth und zog von dort hin zum Jordan und hockte dort am Ufer und watete durch das Wasser vierzig Tage lang. Und am vierzigsten Tag stand eine Gestalt am Ufer mit dem Lichtglanz eines Engels und sagte: «Was suchst du im Wasser, da du doch gesund bist an deinem Leib?» Und Elia erschrak, denn er erkannte, daß es der Teu-*

fel sei, und sagte nichts. «Du suchst die Schrift, die wider euch zeugt, hier im Wasser. Aber ein Drachen des Meeres wacht über diese Schrift und läßt das Wasser erbeben, wenn Menschen sich dieser Schrift nähern.» Und wiederum erschrak Elia. «Nur ein ganz reiner Menschensohn hat die Kraft, dieses Chirographum zu zerstören. Du hast sie nicht und sollst mir dienen hier auf Erden.»

Und Elia diente dem Teufel ein ganzes Jahr, dann holte ihn der Herr zu sich, denn siehe, da kam ein feuriger Wagen mit feurigen Rossen, und Elia fuhr im Wetter gen Himmel. Als aber der Teufel sah, wie Elia auffuhr, verfolgte er ihn und jagte ihm nach. Und kurz vor den Pforten des Himmels holte er ihn ein, bekam aber nur noch die Füße zu fassen, und die Krallen des Teufels rissen dem Elia ein Stück von der Fußsohle heraus, die seitdem bei allen Menschenkindern gewölbt ist. Elia aber wohnte in der Herrlichkeit des Herrn.»

Bleiben Sie nur immer der eigenen Empfindung und der eigenen Überzeugung treu. Tun Sie, was Ihre Vernunft, Gefühl, Christentum Sie tun heißen. Und sage nur: Fakta sind Fakta! Und Ton ist's des spinnwebenden, kalten, seelenlosen Jahrhunderts, Fakta und Räsonnements wegzulächeln. Alle meine Philosophie ist Erfahrung und Offenbarung. In metaphysische Untersuchungen lasse ich mich nicht ein; mir schwindelt sogleich. Deshalb auch liebe ich es zu experimentieren, um Erfahrungen zu machen. Mir dünkt das Magnetisieren und der Mesmerismus ein Weg zu sein, die Fakta sprechen zu lassen. Mut und Glauben, Hamann.

Vielleicht ist auch der Mesmerismus ein probates Mittel, Ihre Hypochondrie zu lindern.

Und wie wünsche ich Sie zu sehen, mein liebster Hamann. Welche Freude wäre es, Sie zu umarmen! Es gehört zu den Freuden meines Lebens, eine redliche Seele kennenzulernen.

Gott sei mit Ihnen. Behalten Sie mich lieb; und lieber als mich, Wahrheit und Tugend.

Grüßen Sie mir den verehrten Herrn Professor Kant. Auf seine <u>Kritik der reinen Vernunft</u> bin ich u. viele meines Vaterlands sehr begierig. Ohne Schmeichelei — seit vielen Jahren ist er einer meiner liebsten Schriftsteller, mit dem ich am meisten sympathisiere; besonders in der Metaphysik und überhaupt in der Manier und Methode zu denken. Ihre Kritik, liebwertester Freund, ist mir teuer und hat meine Aufmerksamkeit verdient, obgleich ich nicht jede feine Nuance verdaut habe. Ihnen für Ihr kornreiches, mir jedoch nach dreimaligem Lesen noch nicht ganz verständliches Blatt noch einmal herzlichen Dank.

Ich kann nicht mehr. Grüßen Sie alles, was gerne Grüße von mir annimmt, besonders Johann Michael.

Ergebenst Ihr wahrer Freund

Johann Caspar Lavater

Adresse: An / Herrn Johann Georg Hamann / zu Königsberg

Der Eismann kommt

Sie fragen, wo Hamann bleibt? Lampe ist bereits seit Stunden zurück. Sie sehen das Reisegepäck auf den Stufen. Und Sie hören Stimmen. Richtig. Das ist die Stimme von Kant. Untrüglich. Leise. Sonor. Druckreif.

Und jetzt spricht Lampe. Im alten Diener-Tonfall, den die Stimmbänder überraschend leicht wiedergefunden haben. Aber diese Stimme hier gehört nicht zu Hamann, zu viele Obertöne, viel zu melodisch, ein leichter Schmelz sogar, und diese Zunge stößt auch nicht andauernd gegen die Zähne, ganz im Gegenteil, eine flinke Zunge, die schnell und fehlerfrei ohne Punkt und Komma formuliert und den immer etwas bedächtigen Kant kaum zu Wort kommen läßt.

Nein. Hamann ist abwesend. Hamann ist bockig wie ein kleines Kind. Bereits vor Jahren hatte er Kant zur Last gelegt, «*daß Sie mein Nebenbuhler sind und Ihren neuen Freund ganze Wochen genießen, unterdessen er sich bei mir auf wenige zerstreute Stunden wie eine Lufterscheinung oder vielmehr wie ein schlauer Kundschafter sehen läßt*», und dieser Freund weilt jetzt wieder bei Kant und eben nicht bei Hamann, der doch die ältesten Rechte besitzt. Dieser Freund heißt Johann Gottfried Herder und ist, verglichen mit dem verwachsenen Kant und dem verhärmten Hamann, eine strahlende und elegante, sogar ein wenig eitle Erscheinung mit einem Hang zu teuren Schuhen und Duftwässerchen.

Eigentlich erlaubt der nur geringe Altersunterschied es nicht, Hamann als Lehrer von Herder zu bezeichnen, aber wie zuweilen im Verhältnis zwischen Geschwistern (selten, in der Tat!), so hatte Hamann Herder unter seine Fittiche genommen, ihn in die Mysterien des Wissens eingeweiht und zum Selbstdenken ermuntert, hatte dann aber auch ein bißchen neidisch und tölpelhaft reagiert, als sein Zögling mit einer Schrift über den Ursprung der Sprache den ausgelobten Preis der Akademie erhielt. Wahrscheinlich war wegen dieser Spannungen auch der in Angriff genommene Plan, mit Kant gemeinsam eine «Physik für Kinder» zu schreiben, endgültig gescheitert. *«Haben Sie ein Herz, so sind Sie auch ein Philosoph für Kinder. Vale et sapere AUDE!»* hatte Hamann Kant aufgefordert und sogleich einen Entwurf mitgeliefert:

    I. Von Licht und Feuer.
   II. Von der Dunstkugel und allen Lufterscheinungen.
  III. Vom Wasser, Meer und Flüssen.
  IV. Vom festen Lande und was in der Erde und auf der Erde wächst.
    V. Von Sonne, Mond und Sternen.
  VI. Von den Tieren.
 VII. Vom Menschen und der Gesellschaft.

Kant aber hatte immer wieder gezögert, obwohl Hamann ihm zusetzte, ihn bedrängte, provozierte und fragte, warum er «so blöde» mit ihm sei. Aber Kant wollte Hamann, wie diesem langsam dämmerte, nur als literarischen Vermittler seiner eigenen Erkenntnisse mißbrauchen. Auf eine Diskussion seiner Perspektiven ließ Kant sich nicht ein. Als Kant dann auch noch Herder für sich gewann, reagierte Hamann eifersüchtig und verfolgte den Plan nicht weiter. Diese Eifersucht kommt jetzt wieder hoch wie Brechreiz, als er hört, Herder habe zunächst Kant seine Aufwartung gemacht.

«Ich könnte ein wenig spazierengehen, um mir die lange Weile zu verkürzen», schlägt Hamann, der lustlos und ohne auf den Geschmack zu achten einen Apfel ißt, sich vor, ist von dem Plan nicht wirklich begeistert und bahnt sich gemächlich einen Weg zwischen den Bücherbergen hindurch, steigt – aufreizend langsam – aus seinem Turm herab und schlägt – zufällig – die Richtung zur Grünen Brücke ein. Übellaunig. «Wie würde ich nur in dem Klima von Ägypten denken», murmelt er, als er die Brücke passiert und ein frischer Windstoß unter seinen Mantel fährt. Hamann durchquert das Langgassen-Tor. «Was hat dieser junge Mensch im Sinn, aus mir zu machen? Einen Witztölpel vielleicht? Dem werde ich die Leviten lesen.» Er stolpert beinahe über eine Vortreppe, fängt sich aber im letzten Moment. «Wenn mein Körper ein Bild meiner Seele ist, dann torkelt meine Seele», deutet er seinen eigenen Zustand. Seine Laune verschlechtert sich beängstigend, zumal in der Buchhandlung am

Ochsenmarkt wiederum kein Hamann im Fenster liegt, dafür aber Herders «Abhandlung über den Ursprung der Sprache.» «Er hat den Stil fürs breite Publikum. Ich nicht», gesteht Hamann sich nüchtern und unbestechlich ein. Dann steht er vor Kanters Haus, steigt die Treppe nach oben, passiert die Putzstube und tritt ein, ohne anzuklopfen, ein Akt der Unhöflichkeit, den er sich bisher niemals erlaubt hat.

«O liebster Freund! Wie schlägt mein Herz höher, wenn ich Eurer ansichtig bin. Hoffnung, ich weiß nicht welche, verheißt dies freundlich' Antlitz», hört er sich sagen und sieht, wie die Arme zum Gruß auseinanderfliegen.

(Sie meinen vielleicht, Hamann würde sich jetzt ein wenig verstellen, aber nein, so ist es ganz und gar nicht, seine Stimmung schlägt jäh um, als er Herder vor dem Kamin stehen sieht.)

Herder scheint noch gewachsen, obgleich das unmöglich bei einem dreißigjährigen Mann der Fall sein kann. Herders Formen sind kantiger geworden, männlicher, stattlicher, nicht mehr, wie bisher, nur die Skizze eines Mannes, und auch die bissige Bemerkung Kants, der auf das vereiterte linke Auge Hamanns anspielt: «Unser lieber Enzyklop. Wie ist denn heute das Wetter?», kann die Wiedersehensfreude nicht trüben. Minutenlang liegen sich beide in den Armen, bis Kant vernehmlich – *Plopp* – einen Gegenstand auf den Tisch fallen läßt und die beiden ihre Köpfen wenden, aber sich weiter umschlungen halten wie Liebende, die überrascht wurden.

«Wo ist dieser Lampe?» entfährt es Hamann, der Herder losläßt, jetzt einen energischen Schritt nach vorne tut und aufgeregt und mit zusammengekniffenen Augen im Zimmer umherblickt, als habe sich Lampe irgendwo in einer dunklen Ecke versteckt. Er spürt den ihn selbst erschreckenden Drang, Lampe zu ohrfeigen. In seiner Stimme schwingt Ärger mit, der in blanken Haß umzuschlagen droht. Auf den Wangen hitzige Flecken. «Wo ist dieser Lampe!» Die Stimme wie ein Hammerwerk.

«Lampe hat gebeten, in der Küche ein Experiment vornehmen zu dürfen, und bereitet alles vor», entgegnet Kant betont sachlich, fügt aber dann, an Hamann und Herder gewandt, hinzu: «Die beiden Herrschaften kennen sich?»

Diese Spitze prallt an Hamann ab, weil er in Harnisch ist, völlig aufgebracht über diesen Lampe, diesen einfältigen Menschen, der seine Hoffnungen, die sich während der letzten Wochen erneut aufgebaut haben, wieder dem Erdboden gleichmacht.

Die Tür zur Küche geht auf. Lampe erscheint.

«Meine Herren. Sie sehen dieses Fleisch? Durchaus kein Kalb!» Ein gleichermaßen fragender wie überlegener Blick.

«Wie meinen?» platzt Hamann heraus.

«Durchaus kein Kalb», bestätigt Kant nickend.

«Ein schönes Stück Rind», lobt Herder, der das Fleisch inspiziert hat.

Dann ist Lampe erneut verschwunden, und Hamann

starrt nur noch verstört auf seine Stiefelspitzen. Wird hier ein Theaterstück aufgeführt? Gibt er den Narren? Und wer schrieb das Stück?

«Wir haben Neuigkeiten, mein lieber Hamann. Weich kochen läßt sie sich nicht, die Delinquentin, und mit Dampfdruck zersplittern auch nicht. Mit Gewalt ist ihr nicht beizukommen. Wenn ich meinem Lampe glauben darf, sondert sie bei Hitze Schwefel ab und klagt, wenn sie geschlagen wird. Und den Experimenteuren geht es auch nicht besser. Die Hartung'sche Zeitung meldet, der große Papin sei plötzlich debil geworden …»

«… und der große Lampe hat die Krankheit der Franzosen», ergänzt Herder feixend – und auch unpassend, wie der väterlich strenge Blick Kants verrät, der auf jede Mitteilung einer Krankheit mit Panik reagiert, weil er eine Ansteckung fürchtet.

Danach sprechen sie über Einzelheiten der Reise, gelegentlich hebt Herder zu einem kleinen Exkurs an, kann aber bei seinen Gesprächspartnern keinen Eindruck hinterlassen, wird zunehmend stiller, und in seinem von Anerkennung verwöhnten Gesicht zieht Enttäuschung ein. Hamann verbessert mehrmals die französischen Bonmots – Kants Französisch ist noch schlechter als sein mäßiges Englisch, und erst Kants Latein!, eine Zumutung, wie Hamann findet! –, wird aber von Lampe unterbrochen, der zu Tisch bittet.

«Ist denn schon angerichtet?» fragt Hamann perplex.

Lampe nickt, mit hochgezogenen Augenbrauen.

Kant und Herder gehen zu Tisch. Hamann schlendert mürrisch hinterher. Man setzt sich. Man ißt schweigend. Man trinkt. *«Mmmmmhhhh.»*

«Durchaus kein Kalb? Ist es wirklich das Rind, das ich inspiziert habe?» fragt Herder. Lampe lächelt verbindlich.

«Ein bißchen wenig Geschmack», mäkelt Hamann, der sich den jugendlichen Hunger bewahrt hat. Dann schweigt er erneut bockig, lädt sich aber noch einmal eine mächtige Portion Haarnudeln auf den Teller.

Kant ergreift das Wort. «Viele der großen Erfindungen geschehen nur nebenbei. Wir sind ausgezogen, den Aberglauben zu zerstören, und wie geschieht uns? Nun, wie geschieht uns?»

«Uns? Wieso uns?» protestiert Lampe leise.

«Wir gewinnen Zeit. Und ist nicht die Zeit die Dienerin des Bösen? Und haben wir, wenn wir die Zeit überlisten, damit nicht dem Bösen ein Stück Macht entwunden? Die Naturwissenschaft, meine lieben Freunde, sofern sie uns mehr Zeit verschafft, steht im Dienst des höchsten Gutes und ist unzertrennlich mit dem moralischen Gesetz verbunden. Und dereinst ...» – Kant erhebt sich von seinem Stuhl, hebt den Zeigefinger und fährt in prophetischem Ton fort – «... dereinst wird vielleicht unendlich viel Zeit vorhanden sein, damit wir die vollkommene Glückseligkeit in einem ins Unendliche gehenden Progreß bereits in diesem Leben zu erreichen imstande sind. Und wie anders als Unsterblichkeit wollen wir diesen Zustand nennen?»

«Time is money», murmelt Hamann, gähnt, greift zum Weinglas.

«Time is money», echot Kant. «Und wir nehmen den Kampf erneut auf gegen die Vergänglichkeit, um über den Herrn der Zeit zu siegen. Laßt uns das Glas erheben und anstoßen auf Lampes Forschungsreisen, die uns fester machen im Glauben an die Naturwissenschaft. Auf Lampe, meinen getreuen Diener, der wahrlich standhaft Kraft und Ausdauer zum Besten der Forschung verwendet und selbst den eigenen Leib nicht schont.»

Herder applaudiert leicht affektiert, erhebt sein Glas und prostet Lampe zu, der bescheiden abwehrt.

«Mir ist das Essen nicht bekommen. Ich ziehe einen Kräuterlikör vor», mault Hamann in Richtung Lampe.

«Bedaure, der Herr. Wir haben keinen Kräuterlikör im Haus. Meine lange Abwesenheit im Dienste der Forschung, wie Er sicherlich versteht ...»

Noch bevor Lampe zu Ende gesprochen hat und eine entschuldigende Handbewegung machen kann, hat Hamann bereits in großen Zügen das Weinglas geleert.

«Und wie soll es nun weitergehen?» Herder versucht, das peinliche Benehmen seines Lehrers zu überspielen. «Besteht schon der Plan für ein nächstes Experiment? Was meint Er?»

Hamann schenkt sich nach. «Frag Er Kant. Frag Er einfach Kant», antwortet er schnippisch.

«Wenn die Frage ist, ob ich an Gespenster glauben soll, so kann ich auf allerlei Art vernünfteln; aber die Vernunft verbietet, abergläubisch, das ist ohne ein Prinzip der Erklärung des Phänomens nach Erfahrungsgesetzen, diese Möglichkeit anzunehmen, und deshalb werden wir weiter experimentieren. Wenn denn weder elektrische Hitze noch die Hitze und die Kraft des Wassers uns helfen, dann vielleicht die künstliche Kälte, von der ich jüngst gelesen, sie sei in Italien entdeckt und auf ewig dem Dunkel der Unwissenheit entrissen. Kälte, die kälter als kalt. Diese Kälte wird die Scherbe mürbe machen, und wir können sie dann wie altes Brot in Krumen brechen. Noch einmal will ich also der Wissenschaft ein Opfer bringen und meinen getreuen Diener ...»

«Bravissimo!» schreit Hamann dazwischen und schenkt sich erneut nach.

«... will ich also meinen getreuen Diener erneut auf die Reise schicken, damit wir auf dem Boden der Erfahrung, wenngleich noch schwankend, fortschreiten.»

«Wenngleich noch schwankend», nuschelt Hamann spöttisch und erhebt sich. «Nun denn, meine lieben Freunde. Es ist alles gesagt und ausgesprochen. Time is money, und auch ich habe zu arbeiten.»

An der Tür angelangt, dreht er sich noch einmal um: «Und was ist mit Ihm? Wird Er mich begleiten?» Ein Raum aus Eifersucht und Einsamkeit erstreckt sich vom Türpfosten, an den Hamann sich anlehnt, bis hin zu dem Stuhl, auf dem Herder regungslos sitzen bleibt. Herder schweigt, Herder, der immer redegewandte Herder schweigt; nur ein dürres «Auf bald» entfährt seinem Mund und entschuldigend schickt er noch hinterher: «Meine Frau erwartet mich morgen zurück.»

Aber zu diesem Zeitpunkt ist die Tür bereits ins Schloß gefallen.

Königsberg schwankt. So jedenfalls will es Hamann heute scheinen. Bereits auf der Treppe, noch in Kanters Haus, bewegen sich die Wände – zunächst nur unmerklich, aber Hamann ist empfindsam –, dann die Straße, die Straße wölbt sich mächtig, gleich, gleich wird die Erde sich auftun und Hamann verschlingen. «O wie möcht' ich so gern vom eigenen Leibe mich sondern!» flüstert er. Hamann nimmt den Schwung der letzten Straßenwölbung mit und biegt in eine Seitengasse ein, tastet sich die Mauern entlang, die ihn immer wieder wegstoßen, «niemand schätzt mich», brummelt er, das Langgassen-Tor, dem er nie wirklich getraut hat – «du Tor zur Unterwelt» zitiert er ungenau –, quietscht verdächtig, und er entscheidet sich, einen Umweg zu machen, die Domglocken schlagen, weil auch der mächtige Dom ins Wanken gerät, «hoffentlich stürzt die Buchhandlung als erste ein, häh, häh», so Hamanns wirklich nicht sehr feiner Gedankenauswurf, die Grüne Brücke, die er immer so geliebt hat, schwankt wie ein Seilsteg im Gebirge, und der Pregel ist in Hamanns Augen ein reißender Gebirgsbach, «Sternchen macht leuchten», witzelt er, dann erreicht er sein Haus, das verrückt scheint, kriecht auf allen vieren in die obere Etage, stößt den ersten Bücherberg um und wird beinahe darunter begraben; gleich dem Egel, der nicht abläßt, bis er voll ist, greift er sich das nächste Buch, zufällig Herders «Journal meiner Reise im Jahre 1769», und beginnt zu lesen: «Den 23 Mai / 3 Jun. reisete ich aus Riga ab und den 25/5. ging ich in See, um ich weiß nicht wohin? zu gehen. Ein großer Teil unserer Lebensbegebenheiten hängt würklich vom Wurf von Zufällen ab. So kam ich nach Riga, so in mein geistliches Amt und so ward ich deßselben wieder los», «und so ward ich ihn los», wiederholt Hamann, und einen schmerzlichen Augenblick lang steht ihm das Bild aus den zurückliegenden Jahren vor Augen, als Herder ihn, Hamann, seinen Freunden als seinen Lehrer, als seinen Lehrer!, durchaus, seinen Lehrer!, vorstellte. Erst die leichte Erschütterung, die das leise Schluchzen verursacht, verwackelt das Bild und läßt nur den nackten Schmerz zurück.

Während Hamanns eigener Körper vor Erschütterung bebt, kommt Königsberg wieder zur Ruhe: Die Wände in Kanters Haus finden an den alten Platz zurück; Kant greift erneut, soeben hat er den Nachtrock übergestreift, zur Feder (ihn kann wirklich nichts erschüttern); durch die Straßen geht ein leichter Wind; die Lastkähne auf dem wenig Wasser führenden Pregel ziehen einen dünnen Nebelschleier hinter sich her, und auf der Grünen Brücke steht der schöne Herder, unschlüssig, ob er Hamann noch aufsuchen soll (er wird am nächsten Tag doch noch seine Aufwartung machen, dann aber auf einen leicht derangierten Freund treffen); Lampe passiert in diesem Augenblick das Langgassen-Tor, um Zinksalbe für seine eiternde Wunde zu besorgen – nur dem Papin in Würzburg wackelt weiterhin die ganze Welt und wird auch niemals wieder zur Ruhe kommen.

Lampe reist erneut. Richtung Süden. Eine italienische Reise. Unterwegs schläft er viel, der Schlaf ist für ihn wie ein Kloster, in das er sich zurückzieht, um sich vor den vielen Eindrücken, die auf ihn einstürzen, abzuschotten. Je weiter er nach Süden vorankommt, desto höher wird der Himmel, und das Blau erscheint ausgewaschener, als habe die Farbe des Himmels vor der Bleichkraft der Sonne kapituliert. Und diese Materialermüdung des Himmels färbt offensichtlich auch auf Lampe ab.

«Wohin reisen der Herr?» Eine ganz zarte Stimme artikuliert nach Stunden ein scheues Interesse.

Lampe sieht zunächst den kleinen Spalt zwischen den Vorderzähnen, dann schaut er, soeben erwacht und noch schlaftrunken, in lebhaft strahlende Augen. «Ich», stammelt er, «ich reise gen Süden in die Kälte.»

«Er träumt noch», erhält Lampe lachend zur Antwort. «Oder Er sitzt in der falschen Kutsche. Kalt ist es im hohen Norden.» Dann lacht sie erneut, ein unbeschwertes und helles Lachen.

«Mitnichten», antwortet Lampe und beugt sich, wieder ganz bei Sinnen, weiter nach vorne. «Wir stehen im Süden kurz vor einer Revolution.»

Ehrlich erschrocken schlägt die junge Dame die Hände vor das Gesicht. Die herunterrutschenden Ärmel geben den Blick frei auf vornehm marmorierte Unterarme. «Eine Revolution?»

«Ich darf Sie beruhigen.» Lampe legt fürsorglich die linke Hand auf ihr Knie. «Wir stehen vor einer Revolution in der Wissenschaft. In den Süden wird das Eis Einzug halten, und dann wird es auch dort noch kälter als im ewigen Eis.»

«Aber das ist doch schrecklich! Ich liebe die Wärme.» Ihre Augen tragen augenblicklich Trauerflor.

«Mehr kann ich hier und heute nicht verraten. Nur dieses: Sie sehen vor sich den Mitarbeiter des großen Kant aus Königsberg. Wir haben gemeinsam viel über das große Trans geforscht ...»

(Sie fragen nach näheren Einzelheiten der italienischen Reise? Wie dem Herrn Diener, Mitarbeiter und Assistenten Lampe etwa die Alpen gefallen haben? Nun. Natürlich sah Lampe auch die Alpen. Aber er fand sie nicht angenehm, vielmehr flößten sie ihm zunächst unbestimmte, dann, als die Kutsche sich die Paßwege hinaufquälte, sehr konkrete Angst ein, deshalb auch kamen keine Laute des Entzückens über seine Lippen, kein «Oh» oder «Ach», kein «imposant», nur einmal, als er von seiner sehr aparten Begleiterin, deren Oberlippe beim Reden immer vor Aufregung zuckte, gefragt wurde, welchen Eindruck die Berge auf ihn machen, sagte er, seine Angst verleugnend: «Sie sind erhaben, kategorisch und imperativ», und weil die Dame dieses ästhetische Urteil während der nächsten Stunden unaufhörlich wiederholte, erfüllte ihn das Bewußtsein, eine schöne und die Zeiten überdauernde Formulierung geprägt zu haben. Und bei jeder Wiederholung seiner Worte aus dem Munde seiner Begleiterin machten die Alpen auf ihn einen immer besseren Eindruck.)

Seltsam. Das Haus wirkt wie in überstürzter Eile verlassen: Auf dem Tisch steht eine große Kanne mit Kaffee – («Noch warm», registriert Lampe); ein Stuhl ist umgefallen («Er müßte geleimt werden», moniert Lampe, als er ihn wieder aufstellt); ein Nachtrock hängt unordentlich über einer Lehne («Ein weibisches Muster», höhnt Lampe); ein nur halb aufgegessenes Ei liegt neben einem unberührten Ei auf einem Teller («Zu hart gekocht für Kant», urteilt Lampe); noch gefaltet die Zeitung («Nicht Kants Blatt», nuschelt Lampe und hätte beinahe den Namen von Kants Lieblingslektüre laut herausgebrüllt).

Lampe ruft nach der Köchin, wartet kurz, ruft noch einmal und kann sich nicht recht entscheiden, ob er glücklich oder unglücklich über das Ausbleiben der Antwort sein soll, denn die Beschwerden, die ihm die letzte Köchin vermacht hat, klingen nur langsam ab. Der starke Geruch der Zinksalbe hat auf der Hinreise in der engen und stickigen Postkutsche mitleidiges Nicken, aber auch einmal den empörten Blick zweier Damen – woher wußten die? – provoziert, und Lampe hat sich ein klein wenig geniert.

Lampe setzt sich, nimmt das noch warme Ei in die Hand, überlegt kurz, ob er es aufschlagen soll, will aber nicht unhöflich sein und legt es zurück. Nach kurzer Zeit fährt seine Hand erneut aus, er schaut sich verstohlen um, wirft es mit der rechten hoch und fängt es mit der linken wieder auf. Wiederholt den Vorgang mehrmals. «Muskelkraft x Weg = Lampe», formuliert er, dadurch verringert sich allerdings seine Aufmerksamkeit für das

Ei, und er fängt es erst in letzter Sekunde. Leicht erschrocken und mit nur unzureichend kontrolliert eingesetzter Muskelkraft legt er das Ei auf den Tisch, das auf der Spitze stehenbleibt. «Es steht auf der Spitze», amüsiert sich Lampe, und dann wartet er wieder, räuspert sich wiederholt und räsonniert ein wenig.

«Wenn das Experiment diesmal gelingt, dann ist bald von mir in der Hartmann'schen Zeitung zu lesen, dann werde ich berühmt, dann werde ich in Königsberg zum Essen eingeladen, und dann werden mich die Frauen anstaunen: ‹Seht nur, dort geht Lampe.› Silberbespangte Schuhe werde ich mir kaufen, solche wie der Herr Packhofverwalter Hamann welche hat, einen gelben Rock mit ausgesuchten Stickereien und eine gepuderte Perücke. Wahrscheinlich schreibe ich ein kleines Buch oder diktiere es Kant: Experimente zur Überwindung des Bösen von MARTIN LAMPE, verlegt bei Hartknoch (er riecht bereits den schweinsledernen Einband, fühlt die goldgeprägten Buchstaben), als Beigabe Kants ‹Theorie der Winde›, ja, so wird es kommen, dann erinnert sich die Nachwelt an Kant nur über mich, über Lampe, und müßte Kant nicht mir, seinem Mitarbeiter Lampe, dankbar sein – von dem Herrn Packhofverwalter Hamann ganz zu schweigen! –, ihn unsterblich gemacht zu haben?»

Lampe stockt.

«Oder wird der Herr Professor dann neidisch reagieren und mißgünstig? Soll ich besser hier mein Glück machen, den Erfolg auskosten, einen Haushalt gründen, einen Diener anstellen – aber gute Diener sind rar, Lampe!» lobt er sich kurz. «Vielleicht könnte ich dem Papin die Köchin abwerben, oder wäre es noch klüger, ein eigenes Laboratorium zu gründen und eine Kombination meiner Forschungen zur Elektrizität und zur Dampfmaschine zu ersinnen?»

Ja, wahrhaftig, Lampe stehen alle Möglichkeiten offen, sofern er reüssiert und sofern der unhöfliche Herr dieses Hauses ihn, den berühmten Lampe, nicht länger warten läßt, schließlich hat er seine Zeit nicht gestohlen, «time is money», murmelt er leicht verärgert, wird mit einem Schlag müde, spürt, wie seine Arme lang werden und wie sein Unterkiefer nach unten fällt.

Und Lampe träumt.

Vor ihm steht ein bucklig Männlein. Den Schlafrock kennt er. Die Mütze auch. Und die Stimmlage ist ihm mehr als vertraut. «Nun gelüstet es Ihn also selbst nach Ruhm. Nun brüstet Er sich selbst. Nun also huldigt auch Er dem gleisnerischen Schein, erträumt sich eine schön bestuhlte Putzstube, teures Porzellan, edle Kunst, einen gebildeten Sekretär und eine eigene Droschke sogar! Was denn noch!» «Eine eigene Zeitung», entfährt es Lampe. «Eine eigene Zeitung!» Das bucklig Männlein atmet tief durch die Nase ein. «Anspruchslosigkeit, hör Er. Anspruchslosigkeit lautet das Evangelium, das ich Ihm gepredigt. Mäßigkeit, Gutmütigkeit, Bescheidenheit. War ich Ihm nicht ein besseres Vorbild? Habe ich Ihn nicht den Horizont erforschen lassen, dieweil ich das Haus hütete? Hat Er mich jemals betrunken erlebt? – Schweig Er, das eine Mal war vor seiner Zeit! Und denk Er daran: Bier macht Hämorrhoiden und ist ein schleichend tödliches Gift. Nur Wein, hör Er, nur Wein, und nur Médoc, aber nur mäßig, denn im Zustand der Betrunkenheit gleicht der Mensch dem Tier. Hat Er mich übermäßig rauchen gesehen? Habe ich auch nur einen einzigen Tag träge im Bett gelegen? Hat Er jemals Völlerei bei mir entdeckt? Kann Er mich etwa der Hurerei zeihen? Denke Er daran, Lampe, der menschliche Same ist die Lebenskraft, und nur wer die aufspart, kann auch alt werden, nur wer sich nicht überwältigen läßt, kann so alt werden wie der züchtige, edle, besonnene, fein gebildete, gutmütige und äußerst bescheiden lebende Immanuel Gotthilf Kant!» Und dann lacht das bucklig Männlein, grölt, feixt, schlägt sich auf die Schenkel, knufft Lampe in die Wange, springt hoch und gibt ihm einen dicken Kuß auf die Lippen.

«So ist Er wohl schon lange nicht mehr geweckt worden, oder?»

«Kalt.» Lampes erste Wahrnehmung ist: «Kalt!» Die Lippen der Frau, die ihn soeben wach geküßt haben, sind kalt und nicht warm, wie er hätte erwarten dürfen in diesem heißen und schwülen Klima. Aber noch bevor er sich ausgiebig wundern kann, hört er sich aufspringend sagen: «Oberassistent Lampe, unterwegs urbi et orbi auf der Suche nach ewiger Jugend und Glückseligkeit.»

«Für diesen Satz bekommt Er noch einen dicken Kuß», sagen diese Lippen, aber Lampe macht einen Schritt rückwärts, der Stuhl fällt um und nach ihm Lampe, der von unten in drei weit offenstehende Münder schauen kann: Der linke Mund gehört ganz offensichtlich zu Cavallo (und würde sich der Nachname vom Aussehen des Gebisses ableiten, so trüge Cavallo seinen Namen zurecht!), der mittlere Mund gehört zu den kalten Lippen, müßte aber, geht man von der Temperatur der Lippen aus, eigentlich weiß kondensierenden Atem ausstoßen (was er aber nicht tut!), der rechte Mund wirkt von unten klein, und die Zähne stehen schräg und machen einen ungepflegten Eindruck.

«Professor Cavallo», sagt der linke Mund.

«Aha», denkt Lampe.

«Frau von Beerendonk», haucht der mittlere.

«Interessant», denkt Lampe.

«Assistent Pallina», stellt sich der rechte Mund in einem arroganten Tonfall vor.

«Ein Kollege», denkt Lampe, der, als er sich aufrappelt und wieder über den Tischrand schaut, mit Bedauern feststellt, daß das Ei umgefallen ist.

«Sie müssen uns unbedingt etwas von Kant erzählen und wie er auf die Idee verfallen ist, uns mit Ihrem Besuch zu beehren. Spricht man in Königsberger Kreisen bereits über unsere Forschungen?» Die zartbittere Stimme von Frau von Beerendonk verunsichert Lampe, denn Frauen sind an Kants Mittagstisch durchaus gelegentlich anwesend, antworten aber nur, wenn Kant sie anspricht, und immer sind es nur Bemerkungen die Kochkunst betreffend. Eine Kunst, die Kant zumindest theoretisch perfekt beherrscht!

«Nun rede Er doch!»

Das geht nun aber doch zu weit. Warum sagt Cavallo nichts, sondern wischt sich nur sehr unbeholfen mit dem Handrücken die Lachtränen aus dem Gesicht? Von ihm kommt keine Hilfe.

«Nun», stottert Lampe, «nun, wir experimentieren nur im verborgenen, will sagen, mein Lehrer überläßt es mir, den Horizont zu stürmen, gefährliche Reisen über finstere Ozeane zu unternehmen und die Vorgebirge neuer Länder zu erkunden. Kant erkundet zumeist die Literatur und überläßt mir die Handarbeit. So habe ich etwa herausgefunden» – nur sehr langsam gewinnt Lampes Stimme an Festigkeit – „«daß die Luftelektrizität Kopfschmerzen verursacht, aber durch einen Blitzableiter umgelenkt werden kann, der leider im Gegenzug die Luft austrocknet und Dürre heraufbeschwört, also darf nur jedes zweite Haus blitzabgeleitet werden …»

«Wie aufregend», unterbricht Frau von Beerendonk etwas unhöflich.

«Weiterhin haben meine Forschungen ergeben, daß der Digestor nicht nur Fleisch geschwind zu garen erlaubt, sondern auch aus Wasser mit einer kleinen Einlage Schwefel zu produzieren vermag …»

«Erstaunlich!» Frau von Beerendonk scheint ehrlich beeindruckt.

«Unter bestimmten Bedingungen kann eine Dampfmaschine ein ganzes Opernorchester ersetzen …»

«Wunderbar!» äußert sich endlich auch Cavallo. «Ich liebe die Oper!»

«Kant selbst ist leider weniger erfolgreich als ich …»

«Aha», entfährt es dem Herrn Assistenten.

«Jüngst hat er das von einem ungeschickten Menschen zerbrochene Weinglas im Garten vergraben, aber der Glasbaum will partout nicht sprießen.»

«Ein Glasbaum?» raunt Professor Cavallo, der unsicher ist, ob er die Bedeutung dieses deutschen Wortes richtig verstanden hat.

«Und was machen Ihre Forschungen, wenn ich höflich nachfragen darf?» Lampe deutet eine kleine Verbeugung an.

«Sie dürfen, Sie dürfen! Aber bitte! Alle unsere Kräfte und meine Güter werden eingesetzt, um uns von dem Einfluß und der tyrannischen Macht der Sonne zu emanzipieren», gibt Frau von Beerendonk bereitwillig Auskunft.

«Zu emanzipieren», wiederholt Lampe in einem Tonfall, der nicht zu erkennen gibt, ob er jetzt den Sinn des Wortes auch wirklich begriffen hat.

«Wer hier im Süden Macht über die Kälte hat, dem gehört die Welt. Eis ist weißes Gold. Künstliches Eis wird die Lebensgewohnheiten der Menschen in einem größeren Maße verändern, als ein Kepler es vermochte ...»

Immer Winter heißt immer Schnee kehren, denkt Lampe und kann dieser Revolution nichts Rechtes abgewinnen.

«Speisen bleiben immer frisch, und das Gemüse wird nicht welk. Wenn unsere Eismaschinen Erfolg haben, dann werden wir Droschken mit Eismaschinen beladen und Lasagne gen Norden verschicken.»

«Lasagne!»

«Lasagne und Mortadella und Parmaschinken und Panna Cotta und Tortellini und Crema di Mascarpone, Dulcia Domestica et cetera. Ein Handelshaus werden wir gründen, belfreddo, und auch Preußen wird Italien schmecken!» Sie hält kurz inne und spitzt die Lippen. «Aber wie unhöflich von uns, den Herrn Forscher hier warten zu lassen. Wonach steht Ihm denn der Sinn, welche Speise darf Pallina für uns bereiten?»

«Lasagne», antwortet Lampe, weil das Wort noch auf der Zunge liegt.

«Lasagne, Pallina, hörst du, mache uns Lasagne und Risotto und Spezzatino und eine große Portion Gelato.» Frau von Beerendonk klatscht in die Hände, Pallina verbeugt sich kurz und zieht sich formvollendet zurück.

«Pallina geht es schlechter als mir», bemerkt Lampe leise zu sich.

«Und mein lieber Cavallo holt uns einen guten Wein, bei dem uns der Herr Magister etwas über Kant erzählt. Setz Er sich doch!»

Lampe hebt den umgefallenen Stuhl auf und nimmt Platz: «Ja, ja, der liebe Kant. Er macht mir Sorgen und Kummer.» Er hält kurz inne und schüttelt leicht den Kopf. «Auch er leidet inzwischen an Gebrechen, die das zunehmende Alter auch dem größten Philosophen bereitet, deshalb auch nehme ich die Strapazen der langen Reise auf mich auf der Suche nach Erfindungen, die die Zeit verlängern, und das Eis, das liebe Eis, scheint mir eine Möglichkeit, die Grenzen, die die Zeit uns setzt, ein wenig auszudehnen.» Ja, und dann sei da noch diese Scherbe, die ihm selbst das Leben nicht leichter mache, sondern wie ein Stein auf seiner Seele laste.

Lampes in Menschenkenntnis und Menschenliebe inzwischen geschulte Augen entdecken, während er Anekdote an Anekdote reiht und Frau von Beerendonk einen tiefen Blick in den Schatz seiner Erfahrung gewährt, dabei ißt und lacht, in dem gläsernen Blick seiner Gastgeberin eine tiefe, lastende Traurigkeit. Und wäre Lampe nicht preußischer Soldat gewesen, er wäre in der Traurigkeit dieser Frau ertrunken.

Lampe sitzt und thront.

War der Traum eine Warnung gewesen, wohnte Kant bereits in seinen Träumen und begleitete ihn auf allen seinen Wegen (und muß er vielleicht deshalb Königsberg niemals verlassen)? Ja. Kant hatte recht. Wie immer! Diese Strafe hat er verdient, dieses Reißen im Bauch, als würden seine Gedärme ihn fliehen und könnten doch nicht von ihm lassen, dieser Druck im Unterleib, der das Ventil nicht findet, diese unerträgliche Schwere im Inneren. Keine Verwundung hat ihm jemals so zugesetzt wie diese Kugeln, die wie Blei in ihm ruhen und den aufrechten Gang untersagen. Jetzt ist Lampe selbst ein bucklig Männlein. «Gefrorene Kuhmilch mit gestampften Walderdbeeren, eine Spur Vanille und ein Schuß Trester», sagt Lampe sich vor. «Schellatto.» Und er sieht ihn wieder vor sich, den Teller mit Eis, von Pallina zu Kugeln geformt, mit Erdbeersoße begossen und mit einem Gebäck gekrönt. Zunächst hatte seine Zunge abwehrend reagiert, aber als das Schellatto im Munde taute, schmolz auch der Widerstand der Zunge, und noch bevor Lampe die Hand wiederum ganz zum Mund führen konnte, lehnte sich die Zunge bereits weit aus dem Mund heraus und verschlang die nächste Portion. «Mehr, mehr!» sagte die Zunge, und Lampe schaufelte wie ein Bergwerksarbeiter Eis nach oben, hatte kaum Zeit, den Schmelz zu loben, aber dieser starke Appetit rühmte wortlos den «Koch», der zunehmend strahlte, weil der Gast seine Arbeit zu schätzen wußte. Woher konnte Lampe auch wissen, daß das geschmolzene Eis im Magen wieder einfror und die Eisschollen mit den spitzen Kanten seine Gedärme aufritzen und sich zu Eisbergen türmen würden! Nordpol im Bauch! Jetzt zittert Lampe, bibbert vor sich hin, trampelt und stampft mit den Beinen, um den Eisberg vielleicht doch noch zum Schmelzen zu bewegen. Und dann macht es *Pppppfffft*.

Frühlingserwachen! Das Krachen des schmelzenden Eises im arktischen Frühling, der diese ganze Nacht im heißen Norden Italiens andauern wird.

Druckausgleich.

Hier riecht es streng.

Alle befinden sich im Keller. Ob Lampe gut geschlafen habe; ob die Luft zu stickig gewesen sei; ob ihn Mücken geplagt hätten; ob ihm die Lasagne auch bekommen sei; ob er zum Frühstück vielleicht etwas Schellato wolle, es sei ein wirkliches Vergnügen gewesen, ihm beim Essen zuzuschauen; oder ob er frische Orangen vorziehe, ob …, nein, wirklich nicht, es gehe ihm blendend, er sei sehr erfrischt, taue richtig auf, und ob sie nicht gleich mit dem Experiment beginnen könnten, er sei wirklich sehr, sehr gespannt.

Cavallo legt die Hand auf die Maschine und schaut dabei verträumt Frau von Beerendonk an. «Hier liegt der Norden Italiens!» Und aus diesem Satz trieft das ganze Forscherglück. «In dieser Stange» – «Röhre», verbessert ihn Frau von Beerendonk –, «in dieser Röhre», wiederholt Cavallo lachend und legt die andere Hand auf den Arm von Frau von Beerendonk, befindet sich Vitriolnaphtha, ein Äther, der, wenn er verdampft, Kälte erzeugt. De frigore ex evaporatione. Capisce?»

Zunehmend verfällt Cavallo in den Tonfall eines Fachmanns für Kältetechnik, emotionslos und doch begeistert, eifrig, dabei angenehm pädagogisch – mit mimischen Einlagen, die um Entschuldigung bitten, wenn die Zusammenhänge zu schwierig scheinen, aber Lampe hört beflissen zu, und seine linke Augenbraue zieht er vor Bewunderung immer etwas höher, bis Cavallo ihn fragt: «Hat Er das Ding?» «An sich schon», bestätigt Lampe, steigt noch einmal auf in die obere Etage und ist kurze Zeit später bereits zurück.

Cavallo betrachtet kurz die Scherbe, die er bereits gestern abend eingehend studiert hat, und legt sie dann kommentarlos in die Maschine. Assistent Pallina hantiert an diesen Pumpen, deren Funktionen Lampe leider bereits wieder entfallen sind, dann steigt Nebel auf, ein geheimnisvoller Nebel, wie Lampe findet, und immer, wenn Pallina pumpt, scheinen die Formen von Frau von Beerendonk zu wachsen. Aber Lampe traut seinen Sinnen schon längst nicht mehr. Und auch die Trägheit, die zur Erbschaft des Dienerstandes gehört, ist ihm inzwischen teilweise abhanden gekommen. Er kann kaum noch warten. Wechselt zweimal nervös die Haltung. Wann geht es endlich voran?

«Nun?» entfährt es ihm.

Cavallo nickt, und Pallina öffnet die Eismaschine, greift nach der Scherbe, und? Ja, Sie ahnen richtig. Er schreit. Kein jäher, markerschütternder Schmerzensschrei. Eher ein Schrei, der sich langsam aufbaut und mit Staunen unterlegt ist, etwa so: *Ohhhähhhaaaaaaah.*

Gleichermaßen überrascht und verwundert schaut er die anderen an, versucht die Scherbe abzuschütteln, die aber an seinen Händen festgefroren ist. Ein Zittern ergreift seinen Körper, und als er den Mund öffnet, sieht man nur, wie die Speichelfäden und Bläschen sofort gefrieren. Endlich löst sich Cavallo aus seiner Starre und ergreift den zitternden rechten Arm von Pallina. Aber auch Cavallo stößt sofort einen Schrei aus, einen allerdings sehr viel melodischeren Schrei, der die Liebe zur Oper verrät. Cavallo klebt an Pallina fest, genauer: Er ist augenblicklich an Pallina festgefroren, und auch die zweite Hand, mit der er sich von Pallina befreien will, löst sich nicht mehr vom Arm des Herrn Assistenten.

(Und verdichtet diese Szene nicht glücklich die ideale Beziehung zwischen Professor und Assistenten? Hier der

Assistent, der die Arbeit verrichtet, hier der Professor, der leichte Korrekturen anbringt und den Assistenten behutsam und liebevoll schüttelt, wenn der noch ein bißchen unbedarft zu Werke geht! Eine wirkliche Schicksalsgemeinschaft, die niemand auseinanderdividieren kann. Eine communio ganz eigener Art. Man übertreibt wohl nicht, wenn man hier die Urzelle der wissenschaftlichen Entwicklung entdeckt!)

Sie fragen, wie Lampe reagiert?

Lampe überlegt kurz, ob hier vielleicht eine wissenschaftliche Geheimsprache ihm bestimmte Botschaften vorenthält, will sich jedoch nicht eingestehen, nicht auf der Höhe der Zeit zu sein, und packt, nachdem er noch einmal kurz zu Frau von Beerendonk hinübergeschaut hat – die ihre rechte Hand gleichermaßen feierlich und erschrocken auf das Herz legt –, sehr energisch zu, ergreift Cavallos rechten Oberarm und schreit ebenfalls, sehr viel tiefer in der Stimme freilich und dabei (wer hätte das gedacht?) melancholischer. Auch Lampe spürt, wie sich das Blut in den Adern verdickt und wie die letzten Schollen des geschmolzenen Eisberges in seinem Innern erneut Berge formen. «Schellatto», flüstert Lampe gedehnt, weil auch die Stimmbänder langsam gefrieren. Die Schüttelbewegungen der drei Männer werden langsamer, und die Polonaise in die oberen Stockwerke und ins Freie geht nur schleppend voran. Da stehen sie nun im Garten, komfortable fünfunddreißig Grad im Schatten, aber ihre thermische Grundbefindlichkeit ist unzureichend.

Da wird ihnen gar angst und bang, sie zittern und beben, die Waden schlottern, und Eisblumen erblühen auf ihrer Haut. Des tritt Frau von Beerendonk hinzu, blickt in die glasigen Augen Cavallos und fragt: «Willst du mein Mann werden und mich ewig lieben und mir treu ergeben sein?» Cavallo aber verbeugt sich hastig und mit ihm die zwei Zeugen, und Rauhreif fällt von ihren Haaren wie weißer Goldregen. Da lacht Frau von Beerendonk, ein perlendes, die Welt umspannendes Lachen. Da löst sich die Scherbe von den Händen Pallinas, und die Erstarrung vergeht. Und auch Cavallo kann von Pallina sich lösen, und desgleichen löst sich auch Lampe von Cavallo. Dann hüpfen und tanzen und springen sie vergnügt durch den Garten, Cavallo eng umschlungen mit Frau von Beerendonk, und Pallina tanzt mit Lampe. Und die Vögel in den Bäumen singen ihre schönsten Lieder.

Und dem Liebespaar erging es gut, solange beide lebten, und es glückte ihnen alles, was sie unternahmen. Cavallo wurde als Entdecker der ersten Eismaschine weltberühmt, und Frau von Beerendonk blieb fröhlich bis an ihr Lebensende. Pallina aber spezialisierte sich auf Eismaschinen für Gelato, und sein Name blieb auf immer mit dieser Erfindung verbunden.

Und Lampe?
Es ist an der Zeit, daß die ganze Welt ihn kennenlernt, diesen Prototyp des achtzehnten Jahrhunderts, der der ganzen verschlafenen Zeit demonstriert, was aus einem

Menschen werden kann, wenn man seine Anlagen fördert, seine Sinne reizt, den Verstand löckt und den Ehrgeiz anstachelt; eine fleischgewordene Anklage gegen
das Mittelalter ist er, ein beseeltes Monument der aufgeweckten Geisteskräfte. Entdecken Sie hier die glückliche
Verbindung von Draufgängertum und fleischgewordener Reflexion! Das Gesicht schon ganz Wille, schon
durchgebildet vom Sucherblick des Forschers, furchteinflößend für die alten, auf ewig gliedersteifen Stände,
Lampes Nase längst ein Organ, das die neuen Gedanken,
die in der Luft liegen, wittert, bereits ein leichter Hochmut im verstehenden Lächeln der Lippen, das die Gestrigen empört, das nach Strenge ruft – aber an Lampe
prallen alle Drohungen und Einschüchterungen ab,
Ideen lassen sich nicht wie Hunde an die Kette legen, lassen sich nicht einsperren und mit Waffen niederstrecken,
Ideen wachsen unter Tage, bis sie jäh den Erdboden
durchbrechen, ans Licht treten und wie eine blaue Blume
alles überstrahlen; sehen Sie nur dieses Denkmal des
Geistes, Lampe, zu seinen Füßen mag es noch stürmen
und brausen, blitzen und hageln, aber sein Haupt ist bereits von den Strahlen des Himmels beschienen, sehen
Sie auf dieses Denkmal des spätgeborenen Intellektuellen, so entschieden, so unerschütterlich, so trotzig, so
stark, so restaurationsunanfällig.

Das ist Lampe.

«Wie erhaben, kategorisch und imperativ sie doch sind,
diese Berge», doziert er am Fuße der Alpen, und der

blaue Himmel sei eine Folge des verdunsteten Vitriol-
naphtas, deshalb auch regne es selten in Italien, und ob es
der geschätzten Begleiterin aus dem hohen Norden auch
bereits aufgefallen sei, daß die Orangen die Sonnen des
Südens vervielfältigen, und ob sie sich vorstellen könne,
künftig in ihrem Haus eine Kühlmaschine zu beherber-
gen, die …

Leider werden die faszinierenden Ausführungen Lam-
pes wiederholt von einer Zwangspause unterbrochen.
Seinen Gedärmen mangelt es noch immer an preußischer
Disziplin.

Vierter fliegender Brief

Lieber Bruder und Freund!

Leider ist der Schwindel eine Krankheit, die ich von meinen beiden Eltern geerbt. Dafür weiß ich kein besser Regime als Diät, oder vielmehr Ökonomie, es sei in Arbeiten und Zerstreuungen, in Lieben und Leiden und Meiden. Von Kopfschmerzen weiß ich Gott Lob! wenig, und je älter ich werde, desto mehr nimmt meine Lust und Freude, auf Gottes Erdboden zu wandeln, zu, allen Ärgernissen zum Trotz. So habe ich drei ganze Wochen an einem Fieber laboriert und mehr an Gemüt und Leibe ausgehalten, als die vier letzten Monate des vorigen Jahres. Ich sitze zuviel und bringe die Säfte ins Stocken, grüble und lese zu unmäßig.

Dafür macht mir die neue Wohnung viel Freude. Sie hat vorn eine herrliche Aussicht nach dem Pregel und der Friedrichsburg und hinten eine herrliche Aussicht nach dem Garten, der Wiese und der Stadt. Unten ein kleines artiges Zimmer, aber nicht bewohnbar, weil es darin stockt, eine vortreffliche Küche, einen kleinen guten Keller und zwei schöne vor der Hand ledige Vorratskammern, die der reiche Gott allmählich füllen wird. Und über meinem Bett, da hängen Sie, neben Kaufmann und Herder. Wer kann dann nicht selig schlafen! Hier meine kleine Apostrophe zu meiner Lektüre Ihres lieben Antlitzes, in das ich mich versenke, wenn ich doch einmal keine Ruhe finde:

O Du physiognomischer Seher mit engelreinem Munde!

*Auch Dein Cherubsauge gelüstet Wunderdinge zu schauen,
die doch jedes Menschenkind, dessen Antlitz nicht mit Flü-
geln bedeckt ist, allstets vor und um sich sieht. Ist Natur
nicht das erste Wunder, wodurch Erfahrung metaphysischer
Meteore erst möglich wird? Ist Vernunft nicht das erste
Wunder, wodurch aller Wunderglaube an außerordentliche
Erscheinungen und seltene Ausnahmen der noch seltsameren
Regeln beruht? Ist Weissagung und Consequenzmacherei
nicht der allgemeine Magnetismus aller unserer Denkungs-
trägheit und Bewegungskraft im Eingeweide und Gehirn
unserer kleinen Welt? O Du physiognomischer Seher! Ein
anderer kennt die fromme Sehnsucht Deines Thomasglau-
bens.*

*Vor unserem lieben Kant verheimliche ich die Träume un-
seres Geistersehers, mit dem er schon vor vielen Jahren so
hart ins Gericht gegangen.*Kein Vogelschießen ist von Kant
mit einem solchen Tumult gefeiert worden wie die Beschie-
ßung dieses unseres* (unleserlich) *Wunderglaubens.*

(einige Zeilen unleserlich)

*Aber auch ich ahme die Naturforscher nach, nur in einem
ganz anderen Verstande. Wie diese einen Körper in aller-
hand willkürliche Verbindungen mit anderen Körpern ver-
setzen und künstliche Erfahrungen erfinden, seine Eigenschaften auszuholen; so mache ich es mit einem Texte, um*

---

* Hamann spielt hier auf eine Schrift Kants aus dem Jahr 1766 an: Träume eines Geistersehers, erläutert durch die Träume der Metaphysik. Kant
kritisiert darin E. Swedenborg.

die Energie der Sprache sinnlicher zu machen, denn die Sünde und die Schuld mag liegen, woran sie will, mir kommt sie in der kalten und abstrakten Sprache zum Vorschein. Als weiland Adam die lebendige Sprache des Ausdrucks, die Sprache der Nähe und der Gesten zur kalten Scherbe erstarren ließ, unterbrach er den lebendigen Verkehr des Menschen mit Gott. (Und Sie können, liebster Freund, kaum erahnen, welcher Schauer mich noch immer überkommt, wenn ich der Scherbe, diesem Symbol der Sprachschuld, ansichtig werde.) In Bildern besteht der ganze Schatz menschlicher Erkenntnis und Glückseligkeit, und Sinne und Leidenschaften verstehen nichts als Bilder. Die Poesie ist die Ursprache des Menschengeschlechts, und vielleicht wird sich auch diese Scherbe in Wohlgefallen auflösen, wenn wir die Sprache wie ein Gärtner pflegen. (Und Kant ist ein schlechter Gärtner, der die Natur zwingt, auf seine Fragen zu antworten.) Wir haben nur Splitter dieser reinen Sprache, und ich habe es mir zur Aufgabe gemacht, diese Splitter zu sammeln und ins Geschick zu bringen, damit die zusammengeleimten Splitter ausstrahlen wie ein lächelndes Gesicht ...

(Einige Zeilen unleserlich)

Ich selbst werde auf meine alten Tage noch zum Gärtner reifen. Meine Obstbäume im Garten grünen und gedeihen nach Herzenslust. Wenn mir der Himmel diese Erstlinge erhält, so höre ich auf, wie Adam begann. Es muß alles spät bei mir kommen – und zeitig genug zum Feierabend.

Mit meinen Schriften dürfen Sie sich gar nicht übereilen;

im Gegenteile ist es mir lieb, wenn die Sache liegenbleibt, denn es macht mir ebensoviel Mühe, meine alten verwesten Grillen aufzusuchen und ihnen nachzuspüren. Wieviel lieber wäre es, von Angesicht zu Angesicht sich auszutauschen. Ihr Zuruf ist mir Antrieb, eine Reise zu planen, um Ihrer ansichtig zu werden.

Ich umarme Sie mit brüderlichem Herzen und ersterbe Ihr alter verpflichteter

Johann Georg Hamann

Adresse mit Siegelrest: Herrn / Johann Caspar Lavater / Diakon zu St. Peter / zu Zürich

Träume eines Geistersehers

Lieber Hamann!

Endlich! Endlich! Endlich! Ein Bild von Ihnen in Händen, um darin zu lesen! Die Welt ist Ihrem Blicke Wunder und Zeichen voll Sinns, voll Gottheit. Im Auge gediegener Lichtstrahl. Was es sieht, sieht's durch. Kann ein Blick mehr tiefer Seherblick sein? Prophetenblick zur Zermalmung mit dem Blitze des Witzes! Dieses durchschauende, Ehrfurcht erregende Staunen! Voll wirksamer, treffender, gebührender Urkraft! – Siehe, wie das abstehende, fast bewegliche Ohr horcht? – Die Wange, wie einfach, ruhig, gedrängt, geschlossen! Nichts Spitzes, nichts Hervorfühlendes in der Nase. Nichts von dem feinen müßigen Scharfsinn, der in fremdem Geschäfte wühlet! – Wie kann ich aussprechen die Vielbedeutsamkeit dieses Mundes – Weisheit, Licht, Dunkel. Noch hab ich keinen Menschen gesehen mit diesem schweigenden und sprechenden, weisen und sanften, treffenden und spottenden und edlen Munde ...

Ich lüstere sehr, Sie zu sehen und unmittelbar zu genießen. Aber auch die Lüsternheit wird erfüllt werden. Lieber Hamann, unsere Blicke werden sich vieles sagen. Dann herrscht auch Klarheit über mancher dunklen Stelle. Für jedes Wort, das Hamann schreibt, hab ich Respekt. Ich lese alles immer und immer wieder – streiche alles an, was ich verstehe, und alles, was ich verstehe, ist aus meiner Seele herausgesprochen –, aber ich peinige mich über den Mangel des Verstan-

des und den Reichtum meines Unverstandes, daß ich, der ich doch Sinn für alles Hamannsche zu haben glaubte, so manches nicht verstehen, also nicht genießen kann – und an Verstehenslust denk ich, fehlt es mir doch nicht.

Nun noch ein Wort zu unserem Fund. Trauen Sie Ihrem alten Freunde, und prüfen Sie die Macht des Mesmerismus. Ich beschwöre Sie, es zu versuchen, denn ich habe es getan, um meinen Erfahrungsdurst, den Sie, lieber Freund, Thomasglauben nennen, zu lindern:
Ach! wie schmacht ich nach Erfahrung!
Ohne sie wie tot bin ich!

(einige Zeilen unleserlich)

Oft ist's Lüsternheit – Lieber! Oft bis zur Lästerung Bedürfnis – etwas zu haben – das alle Zweifelswelten aufwiegt.
Ich verehre diese neu sich zeigende Kraft als einen wohltätigen Strahl der Gottheit, als einen königlichen Stern der menschlichen Natur. Mir scheint dies Phänomen von der äußersten Wichtigkeit für den Menschen; denn alles, was die menschliche Natur in ihrer Größe zeigen kann, was uns einen Strahl ihrer Herrlichkeit, ihrer Verwandtschaft und Ähnlichkeit mit einem lebendigen, alles erkennenden, alles liebenden Lichtwesen sehen läßt, ist verehrenswert.
Ich selbst habe diese Kunst erlernt und bei meinem kränklichen Weibe mit Erfolg erprobt, und nicht ohne demütigen Stolz darf ich Ihnen die wenigen Verse zitieren, die mir Freunde zugeeignet:

Wie schön leuchtet uns von Zürich her
Der Wundertäter Lavater
Mit seinen Geistesgaben!
Sein neues Evangelium
Hat uns bezaubert um und um,
Tut blöde Seelen laben.
Wunder, Plunder,
Magnetismus, Prophetismus,
Zauberkuren, zeigen seines Fingers Spuren.

Ihr Ärzte singet und seid froh!
Weil Euch hinfort das A und O
Darf keinen Kummer machen.
Befingert nur die Mädchen all;
Sie sind doch klüger tausendmal
Im Schlaf, als Ihr im Wachen.
Heil Euch! Weil Euch
Sonder Fehlen werden wählen
Alle Schönen, die nach Hilf' und Trost sich sehnen.

Ein Jungfräulein, sonst frisch und roth,
Lag hilflos und in großer Noth;
Es konnt' im Schlaf nicht sprechen.
Alsbald der theure Wundermann
Mit Hand und Mund das Werk begann,
Zu heilen ihr Gebrechen:
Schaue, Traue,
Gratiosa Dolorosa
Auserlesen! Auf mein Wort, du sollst genesen!

Wunderschlaf! o Zauberei!
Was Meister in der Arzenei
Nicht zu ergründen taugen,
Lehrt kranken Jungfern Phantasie;
Durch dicke Wände sehen sie
Wol mit verschloßnen Augen;
Kennen, Nennen,
Was geschrieben, weil den lieben
Guten Dingern, Augen sitzen
Fingern.

Freund, das ist mein Rat, den ich in Ihre Seele lege! Sie werden mir danken, wenn Sie weise und stark genug sind, diesem Rate zu folgen!

Und sollte auch dies mißlingen, so wage ich vorzubringen, was Sie vielleicht erschreckt: Gehe Er dann, lieber Freund, zu einem Vertrauten des viel zu früh von uns gegangenen Gaßner*, um aus dieser Scherbe den Teufel auszutreiben. Mehr wage ich nicht zu sagen.

Lieber Freund, ich habe mit mir gerungen, Ihnen auch den letzten Traumtext noch mitzuteilen, aber ich darf nicht schweigen, also rede ich:

«Und Gott, der Herr, sandte seinen Sohn, zu zerstören den Bund zwischen Adam und dem Satan, der eifersüchtig auf ihn gewesen war, weil sich Gott, der Herr, in Adam ein Ebenbild geschaffen hatte, das zu verehren der Erzengel Gabriel allen Engeln auftrug, ein Auftrag, dem Satan sich ver-

---

* Der katholische Pfarrer Johann Joseph Gaßner führte Teufelsaustreibungen durch.

weigerte und alsdann von Gott, dem Herrn, auf die Erde verstoßen wurde und an Adam seine Rache nahm.

Und als Jesus getauft wurde von Johannes im Jordan, zertrat er das Tonsiegel in zwei Teile und löste den Bund zwischen Adam und dem Satan und befreite die Menschen zu einem neuen Bund.»

Geisterschau? Orientalisches Märchen? Nein! Nein! Nein! Höre den Bericht des russischen Pilgers Arsenius Thessalonicensis, der vor achtzig Jahren die heiligen Stätten besuchte und beschreibt «am Ufer Jordans den Stein, an dem die Fußstapfen Christi zu erkennen sind, und unter diesem Stein sieht man die Knochen des Drachens, der das Chirographum Adams beschützte. Nur Weh über den, der noch die Scherben in seinem Besitz hat!»

Und Sie, lieber Bruder, haben Sie in Händen das Zeichen der Erinnerung an den Bund zwischen Satan und Adam, und Sie sollen es mesmerisieren, um das Unterpfand des Bösen endlich ganz aus der Welt zu schaffen. Ich bitte, ja ich beschwöre Sie, meinem Rate zu folgen. Machen Sie sich noch heute auf den Weg dieser Erfahrung.

Ihr ergebenster Freund und Ratgeber

Johann Caspar Lavater

Adresse: An / Herrn Johann Georg Hamann / zu Königsberg

Der elektrische Finger

H at Er noch Fragen?»
«Mitnichten.»

Sie möchten wissen, warum ein so rüder Umgangston
zwischen dem Philosophen und seinem Diener herrscht?
Erstaunt Sie das wirklich? Die Antwort liegt doch nahe:
Lampe hat Schwierigkeiten, sich einzugewöhnen, stört
sich merklich an den gleichermaßen nörgelnd und spöt-
telnd vorgetragenen Fragen, den leisen Vorhaltungen
und kritischen Einwürfen, die seine Erzählungen unter-
brechen: «Er sieht aus wie ein Bauer, so braungebrannt
im Gesicht! Sollte Er sich nicht mit Eis beschäftigen?»

«Seine Haut pellt ab! Hat Er gar eine Flechte und will
uns alle anstecken?»

«Wohlmöglich hat Er sich an einem lauschigen Orte
ein wenig entspannt. Oder lahmten alle Pferde?»

«Worüber hat Er denn nun geforscht! Also?»

«Hat Er unterwegs seine Muttersprache vergessen,
oder will Er uns nicht sagen, was die Bedeutung der Wörter ‹Lasagne› und ‹Gelato›?»

Lampes Antworten fallen knapp aus.

«Die Hitze des Südens.»

«Der tückische Brand der Sonne.»

«Ein Achsenbruch der Kutsche.»

«Die Urpflanze des Südens: die Eisblume.»

«Eine Art Nudel.»

«Brombeerschnee!»

Wir wissen nicht, was Kant in diesem Augenblick denkt. Stellt er sich Brombeeren – und warum sagt Lampe Brombeerschnee statt Erdbeerschnee? – vor, die vom Himmel schweben? Oder verknüpft er die Auskunft mit der Beschreibung der Eismaschine, die Lampe angedeutet hat? (Aber Kant wäre nicht Kant, wenn er nicht wenigstens die zweite Möglichkeit erwogen hätte!)

Hamann, bisher damit beschäftigt, zwischen den Zähnen verkantete Fleischreste vom Rinderbraten, der während der letzten Monate übertrieben häufig in Kants Wohnung aufgetischt wurde, durch den nicht ungeschickten Einsatz seiner überlangen spitzen Zunge zu entfernen, schnalzt kurz, als der Name Brombeerschnee fällt.

«Und nachdem er wieder aufgetaut, fühlte Er sich jünger?» fragt Kant nach und verrät damit, was ihn wirklich an Lampes Forschungsreisen interessiert.

«Es war ein Jungbrunnen.»

«Bemerkenswert», kommentiert Kant, und zum erstenmal fehlt der nörgelnde Unterton, zum erstenmal ringt er mit seinem Erstaunen.

«Und die Scherbe?» greift Hamann jetzt in das Gespräch ein, weil er die Zunge wieder frei hat. «Ist sie brüchig geworden, und tut sie modern?»

«Mitnichten. Dies Ding an sich läßt sich nicht bezwingen!» Und mit einer während der letzten Reisen kultivierten Handbewegung, holt er die Scherbe aus seinem neuen italienischen Rock und legt sie auf den Tisch.

«Das Ding an sich», nuschelt Kant. «Ich mag es nicht

glauben. Ist dieses Ding hier die absolute und unzerstörbare Realität? Das kann und darf nicht sein! Darf nicht! Das Ding an sich ist unerkennbar und wird auf ewig unerkennbar bleiben. Das Ding an sich ist doch nur ein Grenzbegriff, Grund aller Erscheinungen!» Kants Selbstgespräch wird immer vernehmlicher. «Ist das Ding an sich das steingewordene Böse? Kann man das Böse in Händen halten? Ist unsere Vernunft nur fähig, diese Wirklichkeit zu erkennen? Das kann und will ich nicht glauben. Das Ding an sich ...»

«Wir dürfen nicht vernünfteln, sondern müssen weiterforschen!» unterbricht Lampe Kant.

Kant blickt Lampe entgeistert an. Hamann schweigt betreten. Als erster findet Kant die Sprache wieder: «Mach Er mir einen Vorschlag!» flüstert er an Hamann gewandt.

Nach kurzer Überlegung, weil er Widersprüche und den Vorwurf fauler Vernunft erwartet, hört man einen Namen fallen, «Mesmer», aber Kant nickt nur mechanisch und sagt schließlich: «Diesmal fährt Er selbst!»

Nein. Es ist nicht Hamann, der protestiert, sondern Lampe. «Das geht nicht an. Dem Herrn Packhofverwalter fehlt es an Erfahrung. Das Ding an sich verträgt keine Neuerung. Gern aber mag Er mir zur Hand gehen, wenn es denn seine Zeit erlaubt!»

Hamann streckt sich, lehnt sich zurück, blickt ungläubig zu Lampe und dann zu Kant, der aber den Blickkontakt meidet, resigniert die Hand hebt und eine Entscheidung fällt, die keinen Widerspruch duldet. «So sei es!»

Hamann schleicht nach Hause, tritt beinahe auf der Stelle, als müßten die Straßenkulissen von Bühnenarbeitern geschoben werden, damit er vorankommt.

Sie kennen die Strecke bereits? Nicht ganz, denn Kant ist während der letzten Reise Lampes, die übrigens wirklich überdurchschnittlich lange gedauert hat (es war leider unmöglich, den Grund für die lange Absenz von Lampe in Erfahrung zu bringen, vielleicht ein – leider vergeblicher – Umweg über Würzburg?), umgezogen; jetzt, auf dem Höhepunkt seines Ruhmes, wohnt Kant im Zentrum und beinahe am höchsten Punkt Königsbergs, residiert in der Prinzessinstraße, in der ehemaligen Landkostmeisterei, deren Rückseite an die Gärten des alten Schlosses stößt. Leider gehört zum Schloß auch das Gefängnis, dessen Bewohner täglich zu längeren Choralgesängen angehalten werden: «Eine stentorische Andacht der Heuchler», brummelt Kant, wenn der Gefangenenchor ertönt, und schließt schnell alle Fenster. Täglich geht er jetzt im eigenen Garten spazieren, sitzt beinahe jeden Abend am Ofen und blickt zufrieden durch das Südfenster auf den Turm von Löbenicht, welcher ihm besonders lieb.

(Vielleicht rührt Lampes Übellaunigkeit auch aus diesem Umzug her, denn schließlich war Kanters Haus auch sein bisheriges Zuhause. Hätte man ihn nicht fragen müssen?)

Gehen Sie also jetzt von der Prinzessinstraße Richtung Zentrum, und biegen Sie dann, weil Sie die Strecke bereits kennen (obwohl es ein kleiner Umweg ist), in den

Ochsenmarkt ein und passieren Kanters Haus. Dann weiter wie bisher, zurück zu Hamanns Haus, zu Frau und Kindern.

Sie stutzen? Warum bisher von Hamanns Frau nie die Rede war? Allenfalls die Nachricht über einen Sohn in einem der Briefe ließ Sie bereits aufmerken? Die Sache ist für das achtzehnte Jahrhundert eher ungewöhnlich. Streng juristisch ist Anna Regina Schumacher, die ehemalige Magd seines Vaters, zwar die Mutter seiner vier Kinder, aber nicht die Frau Gemahlin. Hamann fühlt sich immer noch, nach über zwanzig Jahren, Catharina Berens, um deren Hand er einst angehalten hatte und die ihm sein Freund Christoph Berens verweigerte, versprochen. Mit Anna Regina Schumacher, einer stämmigen Frau mit kräftigen Zähnen und dem gesunden Lachen einer Brueghel-Bäuerin, führt er eine, wie er es nennt, «Gewissensehe». Durchaus erfolgreich. (Außerdem konnte Hamann sich zeitlebens nicht mit der Definition Kants anfreunden, der die Ehe als Verbindung zweier Personen «zum lebenswierigen, wechselseitigen Besitz der Geschlechtseigenschaften» bestimmte. «Unappetitlich, so gar nicht nach meinem Geschmack», pflegte er zu kommentieren. Wohl auch deshalb hat Kant sich erst viele Jahre nach Hamanns Tod getraut, diese Definition drucken zu lassen.

Hamann packt. Er tut dies selbst. Die längste Zeit benötigt er dafür zu entscheiden, welche Bücher er mitnehmen soll. Bücher sind Hamanns Lebensmittel, beileibe keine Grabmale des Geistes, sondern himmlisches Manna, an dem er sich niemals verekelt. Worauf wird er Hunger verspüren, wenn er jetzt die Fleischtöpfe Königsbergs verlassen und sich mit dem Herrn Diener aufmachen muß zu seiner Reise durch die Wüste? Hamann packt ein:

1. Herders «Plastik»
2. Jacobis «Woldemar»
   (Kants – nein, Kants Bücher packt er wieder aus)
3. Mendelssohns «Jerusalem»
4. Lavaters «Aussichten in die Ewigkeit»
5. Rousseaus «Julie ou La Nouvelle Héloïse»

Dann gibt er Anna Regina einige häusliche Anweisungen, sieht noch einmal nach seinem ältesten Sohn, der mit Fieber das Bett hütet, und besteigt die Kutsche, in der bereits Lampe auf ihn wartet, mit dem Satz: «Ich sitze in Fahrtrichtung, andernfalls wird mir bedauerlicherweise speiübel.»

«Es liegt, verehrter Herr Packhofverwalter, durchaus nicht an meinem guten Willen, aber offensichtlich ergeht es der Scherbe wie Ihm, denn sie drückt und brennt, wenn die Finger in meiner Rocktasche, wo die Scherbe sicher verwahrt sein will, nicht in Richtung des Weges zeigen», schlägt Lampe die Bitte ab.

Ungläubiges Staunen auf seiten Hamanns.

Bereits nach den ersten Wegbiegungen verspürt Hamann einen Druck in der Magengegend, der sich lange nicht

entscheiden kann, welchen Ausweg er nehmen soll. Zumindest ein anderes Problem bedrückt ihn nicht länger.
Tagelang hatte er sich Gesprächsthemen für die Reise
mit dem Herrn Diener ersonnen und fein säuberlich in
Spalten eingetragen.

Themen	Stichworte
Ausnehmen von Karpfen	Archäologie des Fischens; Eigentümlichkeit des Skelettes; Symbolik des Fisches;
Pflege eines Tisches	Kleine Geschichte des Möbels; gehören zur Definition eines Tisches notwendig vier Beine? Ist ein wackelnder Tisch ein Tisch?
Kants Tagesablauf	Geheime Klopffolge beim Wecken; was speist Kant vor dem Arbeiten; Verlegerbesuche?

Aber zu Hamanns Erstaunen schlägt Lampe ein Quartheft auf und beginnt zu schreiben, zu rechnen und zu
skizzieren.*

* Einige sich im Nachlaß Kants befindliche Skizzen und Drucke könnten mit diesen Forschungen Lampes in Verbindung stehen, weil Kant sie
mit der Sigle L versehen hat. Folgende handschriftliche Aufzeichnungen
scheinen mir mit Sicherheit von Lampes Hand zu stammen. Die Abdrucke
erfolgten mit freundlicher Genehmigung der zuständigen Archivstellen.

«Habe ich den Lampe doch unterschätzt?» denkt Hamann und reibt sich den verspannten Bauch. «Wie ist es nur möglich! Ohne jemals eine Universität betreten zu haben! Diener forschen! Oder liegt es doch in der Macht der Scherbe, auch noch den größten Tölpel zum Bezwinger der Natur zu bilden? Steckt in Lampe wirklich Erfindergeist? Wie er dasitzt, das Urbild an Konzentration, die Lider gesenkt, Licht umspielt seinen Kopf, die Nase halb verschattet, das Bildnis eines Gelehrten fürwahr ...»

So denkt Hamann, während Lampe weiter rechnet und skizziert, immer abenteuerlichere Maschinen konstruiert, und immer stärker wächst der Neid bei Hamann, brennt sich wie ein Kainsmal in die Stirn ein, kurz lacht er heiser auf, dieser Tölpel vor ihm fühlt sich ihm überlegen, und mit diesem Gedanken ergreift ihn das Gefühl erneut, läßt die Sehnen anspannen, die nur auf den Befehl warten, die Hand vorschnellen zu lassen, um zu schlagen, zu zerstören, zu vernichten, diesen Pfau, diesen Dummkopf, der bisher nicht einmal Zeitungsnamen sich merken konnte und jetzt den Leonardo mimt, sich einen Lorbeerkranz flicht und Hamann für das huldigende Volk hält.

Waaatsch, waaatsch!

Zweimal schlägt Hamann sich aufs Knie, um den aufgestauten Neid abzubauen, aber Lampe schaut nicht einmal auf, sondern schreibt konzentriert halbblau weiter:

«Luftelektrizität verursacht Kopfschmerz, Blitzableiter verursacht Dürre,»

und das kratzende Geräusch der Feder bringt Hamann noch mehr auf, deshalb scheitert auch der kurze und halbherzig unternommene Versuch, das Gefühl zu analysieren: Worin besteht dieser Neid? Ist er neidisch auf die vielen Reisen Lampes, weil er selbst so gerne reist, oder denkt er doch noch in alten Ständemustern? Bleibt er hinter der Entwicklung des Menschengeschlechts zurück?

«Hamann, schäm' dich», ermahnt er sich kurz und vergräbt die Hände in der Rocktasche, aber der Neid verstopft wie ein Schleimkloß die Verstandeskanäle.

Dann fährt die Kutsche über einen Stein, und Hamann stürzt nach vorne, kann aber, weil er seine geballten Hände in der Rocktasche verkrampft, die Bewegung nicht auffangen und kracht mit seinem Kopf gegen Lampes Schläfe.

«Elektrizität», denkt Lampe.

Hamann denkt leider überhaupt nicht mehr und hätte jetzt wirklich allen Grund, neidisch zu sein, denn während an Lampes Stirn nur eine kleine rote Druckstelle von dem Zusammenprall zeugt, ist Hamann minutenlang weggetreten und kann anschließend nur mit einem Auge den strengen Ausdruck auf Lampes Gesicht wahrnehmen, weil das andere dick anschwillt.

«Eine Hilfe ist Er mir nicht gerade, der Herr Enzyklop!» sagt Lampe mit einem halb vorwurfsvollen, halb selbstgefälligen Unterton in der Stimme, der Hamann weiter schrumpfen läßt. In Hamanns Gesicht wohnt jetzt eine Melange aus Scham und Schock. Nur sein Magen gönnt ihm jetzt endlich eine Ruhepause!

Als sie Quartier nehmen, muß Lampe Hamann stützen. Ein ergreifender Anblick! Ein Soldat, der einen verwundeten Kameraden ins Lazarett führt.

Hamanns Worte, zum Lispeln kommt jetzt noch die Mattigkeit der geschwollenen Zunge, sind nur schwer zu verstehen. Hat er sich während des Angriffs auf die Zunge gebissen?

Das Heben der Gabel und des Messers scheint Hamann Kraft zu kosten, und das Stemmen eines Bechers setzt ihm mächtig zu. Er nippt an dem Wein, der sich an der dicken Zunge vorbeiquälen muß, stagniert, einen anderen Weg sucht, den ersten Versuch wieder aufnimmt und endlich die Speiseröhre erreicht und hinunterrinnt. Hamann rülpst, unterdrückt aber auf halbem Weg den bereits gärenden und jetzt wieder aufsteigenden Wein, weil der Druck Kopfschmerz verursacht, ein Schmerz, der wie eine Billardkugel im Kopf herumsaust, der gegen die Schläfen trommelt und die Augen beinahe aus dem Kopf drückt, bis er schließlich auf eine weiche Stelle der Schädeldecke stößt und allmählich an Kraft verliert.

Und Lampe?

In Lampe schieben sich die Gefühle übereinander. Jetzt residiert im linken Auge noch der Hochmut, aber bereits in diesem Augenblick zieht als Nachmieter – schüchtern zunächst und fremdelnd – durchaus nicht wieder die alte Einfalt, sondern eine warmherzige Milde ein, die Lampes Hand steuert, wenn er jetzt Weißbrot in den schweren Rotwein eintunkt und Hamann damit füttert, der andächtig kaut, bis das Brot sich ganz im Wein und Speichel aufgelöst hat, und nur selten schielt Hamann, der immer Hungrige, mit einem sehnsüchtigen Blick auf das fein geschmorte Stück Fleisch und das nach Butter duftende Gemüse, dann nuschelt er wieder etwas Unverständliches, und Lampe tunkt erneut Weißbrot in den Rotwein und gibt ihm zu essen. Hamann scheint ihn jetzt erst richtig zu erkennen und dankt ihm, indem er kurz das gesunde Augenlid senkt. Lampe weicht in dieser schwülen Nacht nicht von seiner Seite, tupft ihm den Schweiß von der Stirn, stützt ihn beim Erbrechen, das einsetzt, als Hamann sich zur Ruhe begeben will, und erst nachläßt, als die Wolken am Himmel mit der gleichen Macht aufeinanderprallen wie vor Stunden Hamann und Lampe.

Noch weitere vier Tage bleiben Lampe und Hamann in diesem Notquartier, gehen aber bereits am dritten Tag, als die Gehirnerschütterung Hamanns langsam nachläßt, «Ergebnis meiner Pflege», so Lampe stolz, an einem Nebenfluß des Pregel spazieren, der hier allerdings brakkig riecht, hören in der Abenddämmerung die Turmuhr aus dem nahen Königsberg schlagen, denken aber offensichtlich nicht eine Sekunde an Rückkehr!, und reden endlich die Themen durch, die Hamann sich bereits zurechtgelegt hat, dabei gestikuliert er, der die Körpersprache liebt, nur mit der linken, weil er sich mit der rechten noch auf Lampe stützt. Und als sie das Gasthaus wieder erreichen, sagt Hamann: «Er kann Johann zu mir sagen.»

Und Lampe hört sich antworten: «Und ich heiße Martin.»

Bis Braunschweig, wo sie Mesmer zu treffen hoffen, verbringen beide eine angenehme Reise. Mitreisende fragen sich verwirrt, wie sie dieses seltsame Paar einordnen sollen. Wie stehen beide zueinander, wie Diener und Herr, Professor und Gehilfe, oder sind sie Kollegen? Oft geben die Gespräche eine klärende Antwort.

«Wenn wir, liebster Freund, nebeneinandersitzen, kann kein Malheur passieren, weder dem Ding an sich noch Seinem Hirn.»

«Ich habe hier, mein lieber Martin, ein Büchlein, das Ihn interessieren dürfte, Jacobis ‹Woldemar›. Vielleicht darf ich Ihm einige Zeilen vorlesen?»

«Ich denke, das Thema strengt Ihn zu sehr an, wenn wir uns darüber ins Gespräch vertiefen. Darf ich Ihm noch ein Kissen in den Rücken legen, verehrter Johann?»

«Bitte, keine Umstände!»

«Stört es Ihn, wenn ich ein wenig mit meinen Berechnungen und Forschungen fortfahre?»

Aha! Kollegen also.

«Was für ein wunderlich Uhrwerk!»

Es ist Lampe, der diesen Zuruf halb an Hamann, der inzwischen wieder leidlich bei Kräften ist, und halb an sich selber richtet. Sie stehen im Innenhof des Hauses

Kirchner, in dem Mesmer inzwischen eingetroffen ist. Beide bestaunen einen in einem Brunnen schwimmenden Topf, in dem eine Sonnenblume eingepflanzt ist. Etwa in Höhe der Blüte befindet sich ein metallener Kreis. Auf der Innenseite sind die vierundzwanzig Stunden des Tages und der Nacht eingezeichnet. Genau in der Mitte des Blütenkranzes der Sonnenblume steckt ein Pfeil. Weil die Sonnenblume in einen schwimmenden Blumentopf eingepflanzt ist, kann sie sich während des ganzen Tages nach der Sonne richten und mühelos die Stunden anzeigen.

Eine nahe Turmuhr schlägt. «Eins, zwei, drei, vier», zählt Lampe, bückt sich und studiert den metallenen Kreis, «vier Uhr», bestätigt er, «was für ein wunderlich Uhrwerk.»

«O Kunst Gottes», entfährt es Hamann, der es sich aus alter Gewohnheit nicht versagen kann, die Übersetzung mitzuliefern, «Arte Dei.» Dann tritt er einen Schritt zurück und rezitiert andächtig und inbrünstig:

«Verwundre dich nicht, Freund, da ich auf nichts
mag sehn,
Ich muß mich alle Zeit nach meiner Sonne drehn.»

Er hält kurz inne, schaut zu Lampe, der offensichtlich auf eine Fortsetzung wartet, und erklärt: «Hier offenbart sich Ihm die große Sympathie zwischen der Blume der Sonne und der Sonne selbst.»

«Und hier offenbart sich mir die Sympathie zwischen dem Blau des Himmels und seinem blauen Auge», entgegnet Lampe schlagfertig und liefert damit den Beweis, wie unglaublich schnell er zu lernen vermag. Lampe ist ein Talent. Das findet Hamann auch, der in ein mitreißendes Gelächter ausbricht.

(Heimlich forscht Lampe bereits seit Monaten auf dem Gebiet kosmischer Verwandtschaftsbeziehungen und hätte sich jetzt beinahe verraten. Hier einige Kostproben: Haben heitere Menschen auch strahlend blaue Augen? Melancholiker tiefbraune? Gewittrige Personen einen grün-gelblichen Regenbogen? Und kaltblütige Charaktere, ja, welche Augenfarbe haben die? Aber wie verhält sich Hamanns Veilchen zu seinen braunen Augen? Oder, um noch ein Gebiet zu erwähnen, in dem er bereits weiträumig geforscht: Lassen sich über die Zahnstellung von Menschen Rückschlüsse auf den Charakter ziehen? Die vordere Zahnreihe der Köchin aus Würzburg steht vor, Hasenbiß, und so ist auch ihr Charakter …)

Man wird unterbrochen.

Fräulein Henriette (sie trägt, noch bevor das Biedermeier-Zeitalter entdeckt werden will, Putz und Ausdruck des Biedermeier, ein zeitlicher Vorfall, der sich bei ihr auch in anderer Hinsicht bemerkbar macht, denn sie altert schnell, weil sie monatlich zuviel Blut verliert) ruft sie herein.

Lampes erster Eindruck von Mesmer: «Nach so einem Gewand gelüstet es mich auch.»

Mesmer, ein Mann von großem Wuchs und mit einer hohen Stirn, die sich wahrscheinlich unter der Perücke fortsetzt und exakt die Wölbung der Keplerschen Erdkugel nachbildet und – so darf man erwarten – den

Nordpol durch ein Muttermal andeutet, trägt ein albernes magisches Gewand aus violetter Seide mit goldenen Bordüren, das aber beim Publikum Eindruck macht. Auch auf Lampe. Hamann murmelt, als er seiner ansichtig wird, nur etwas vom Magus in Westen, hält sich aber bedeckt und hört Mesmer freundlich zu, der ihn vertraulich über seine eigene Lebensgeschichte informiert.

«Im Jahre 1775 kündigte ich, verehrter Herr, der gelehrten Welt das erste Mal das Dasein des tierischen Magnetismus an. Vorzüglich hat auch der menschliche wie der tierische Körper magnetähnliche Eigenschaften. Eben diese Eigenschaften des tierischen Körpers, welche ihm des Einflusses der Himmelskörper und der Zurückwirkung auf das, was ihn umgibt, fähig macht, da es sich auf eine magnetähnliche Art äußert, bewog mich, sie den tierischen Magnetismus zu nennen. Der Mensch als Teil der Natur nimmt an diesem Natur-Magnetismus teil und sein Dasein hängt davon ab. Nun ging mir auf, daß die Nervenfaser dasjenige Organ des Lebens ist, wo das Lebensfeuer, das kosmische Fluidum, fließt. Magnetisieren ist: dieses Feuer durch eine Art von Erguß zu erregen und jede Krankheit, die Folge einer Stockung des Lebensfeuers, derart zu heilen. Das System, welches mich auf die Entdeckung des tierischen Magnetismus leitete, war nicht die Frucht eines einzigen Tages. Nach und nach sammelten sich die Bemerkungen in meiner Seele, so wie sich die Stunden meines Lebens häuften. Die Kälte, womit man die ersten Ideen, die ich öffentlich bekanntzumachen wagte, aufnahm, setzte mich in Erstaunen. Diese schlechte Aufnahme bewog mich, meine Gedanken aufs neue zu prüfen. Ein verzehrend Feuer erfüllte meine ganze Seele. Ich suchte die Wahrheit nicht mehr voll zärtlicher Neigung, ich suchte sie voll der äußersten Unruhe. Felder, Wälder und die entlegensten Einöden hatten allein noch Reize für mich. Da fühlte ich mich näher bei der Natur. In der heftigsten Bewegung, hochgelahrter Herr, glaubte ich zuweilen, daß mein von ihren vergeblichen Lockungen ermüdetes Herz sie wild von sich stieße. O Natur! rief ich bei dergleichen Anfällen aus, was willst du von mir? Bald hingegen glaubte ich sie zärtlich zu umarmen oder voll der höchsten Ungeduld zu beschwören, sie möchte doch meine Wünsche erfüllen. Zum Glück hatte meine Heftigkeit in der Stille der Wälder niemand als die Bäume zu Zeugen. Denn, wahrlich, ich muß einem Wahnsinnigen sehr ähnlich gewesen sein. Drei Monate dachte ich ohne Worte. Als sich dies tiefe Nachdenken endigte, sah ich mich voll Erstaunen um. Meine Sinne betrogen mich nicht mehr. Unmerklich kam wieder Ruhe in meine Seele. Nun stand mir noch eine beschwerliche Reise durch das Reich der Meinungen anderer Menschen bevor. Hochgelahrter Herr, man glaube mir: Der tierische Magnetismus muß in meinen Händen als ein sechster künstlicher Sinn betrachtet werden. Sinne lassen sich weder erklären noch beschreiben – bloß fühlen, empfinden. Vergeblich würde man sich bemühen, einem Blindgeborenen die Theorie der Farben begreiflich zu machen. Man muß ihn sehend, das ist fühlend machen. Ebenso ergeht's mit dem tierischen Magnetismus. Er will vor allen Dingen empfunden sein, und dies Gefühl allein kann die Theorie davon verständlich machen. O Wahrheit! Wahrheit! Unumstößlich gewiß wirst du siegen! Die Zeit wird kommen, illustrer Herr, in der die Wahrheit voll erwiesen scheinen wird, und die ganze Menschheit wird es mir danken.»

«Eindrucksvoll», nuschelt Hamann, will sich aber noch nicht endgültig festlegen.

Und dann ist da im Raum noch der Hausherr, ein gewisser Johann Kirchner, ein Mensch mit den Bewegungen eines Dorfkapellmeisters. Er bittet alle in das nur mäßig ausgeleuchtete und mit Vorhängen ausgeschlagene Kabinett. Der Dunst von neuem Brokat und Samt hängt in der Luft. «Hier entlang», dirigiert Kirchner.

Alle stellen sich um einen Bottich, das «Baquet», wie die Neuen aufgeklärt werden, gefüllt mit Eisenspänen, Glasscherben und Wasser, aus dem eiserne Stangen herausragen. Alle fassen sich bei den Händen: Hamann, Kirchner, Mesmer, Fräulein Henriette und Lampe. Alle schließen die Augen. Lampe wartet, ob etwas passiert. Der Druck der Hand von Frau Henriette nimmt zu. Hamanns Hand bleibt ausdruckslos! Dann folgt ein Schütteln, dann ein lauter Seufzer bei Fräulein Henriette. «Jetzt», sagt Mesmer, und Fräulein Henriette läßt Hamanns Hand los und greift nach der Eisenstange wie nach einem Rettungsstab. Herr Kirchner und – leicht verspätet – die Neuen folgen ihrem Vorbild.

Ein seltsames Bild. Als würden sie, Männer und Frauen gleichermaßen, gemeinsam Wäsche waschen und seien dabei von einem Zauberer in einen tiefen Schlaf versetzt worden. Schaut man allerdings genauer hin, dann erkennt man, wie die Neuen nicht ganz ruhig verharren. Lampe wechselt das Standbein, und Hamann schürzt die Lippen.

Nichts.

Lampe spürt wirklich nichts. Unsicher schaut er zu Hamann hinüber, der bereits auf seinen Blick wartet.

«Und?» fragt Hamann.

«Psssst», ermahnt Fräulein Henriette.

Lampe und Hamann schließen die Augen. Immer noch nichts. Aber als sei das Schließen der Augenlider das Signal gewesen, fängt Fräulein Henriette auch schon an zu zittern und leicht zu stöhnen. Lampe blinzelt kurz zu ihr hinüber. Muß man ihr nicht helfen? Die Zuckungen, die den ganzen Körper ergreifen, wecken in Lampe alte Dienergefühle. Wieder schaut er zu Hamann hinüber, der sich offensichtlich entschlossen hat, die Augen geschlossen zu halten. Jetzt atmet Fräulein Henriette ruhig und tief. Mesmer, dessen Gesicht vor Kraft pulsiert, tritt zu ihr und bestreicht sie mit dem Finger.

Sind aus diesem Finger nicht soeben Magnetfunken auf Henriette übergesprungen, oder war das doch nur das Flackern einer Kerze? In ihrem Gesicht hält jetzt eine Ruhe und Reinheit Einzug, die Lampe fasziniert. Noch eine ganze Zeit stehen sie so da, dann weckt Mesmer seine Probandin aus dem Schlaf.

«O meine Lieben», entfährt es ihr, und die Lieblichkeit der Stimme verwandelt den ganzen Raum, «ich fühle mich so kindlich rein. Die Quelle meiner Leiden, sie ist versiegt. Das Brennen in meinem Innern, das mich zu verzehren drohte, es ist ausgetilgt. Meine Welt, sie ist wieder licht und hell und klar. Dank Euch, lieber Meister, der Ihr mich befreit habt aus meiner Not.»

Mesmer verbeugt sich devot. Lampe wendet sich leise an Hamann: «Und wie ist es mit Euch, lieber Freund? Habt auch Ihr so tief empfunden?»

Hamann schüttelt langsam den Kopf. «Nein, verehrtester Freund. Ich war wohl nicht empfänglich genug. Ich leite für gewöhnlich schlecht.» Dann geht er zu Mesmer hinüber, um sich mit Theorie aufzuladen.

Lampe, inzwischen wirklich ein Mann der Empirie, faßt, als ihn keiner beobachtet, die Eisenstange an, die bei Fräulein Henriette Wunder bewirkte, spürt aber keinen Unterschied.

«Frauenzimmer», denkt Lampe.

Ei der Daus. Was soll denn das?

Lampe, Kants toller Diener, ist von Hause aus Soldat, genauer: preußischer Soldat, und er mag es nicht, berührt zu werden. Bereits das aufmunternde Schulterklopfen eines vorgesetzten Offiziers hat er immer zwiespältig erfahren. Und jetzt soll er sich in aller Öffentlichkeit einer Magnetkur unterziehen. Mittelpunkt zu sein mißfällt ihm heute. Kurz überlegt er, ob er die anderen hinausschicken soll, unterläßt es aber doch, weil er Hamann gerne in seiner Nähe weiß. Mesmer, dessen leer gebranntes Gesicht wieder mit Konzentration aufgeladen scheint, bittet ihn, Platz zu nehmen.

Lampe setzt sich.

Den Rücken kerzengerade. Beide Hände im Schoß gefaltet. Die Augen folgen jeder Bewegung des Kontrahenten. Er soll die Scherbe in beide Hände nehmen.

«So?»

«So.»

Und dann nähert sich ihm Mesmer und unterbietet den atmosphärisch angenehmen Mindestabstand von dreißig Zentimetern. Lampe weicht zurück. Er spürt bereits im Rücken den Federkern der Couch. Die Fluchtwege sind verstellt. Sein Mut rollt zusammen und flieht in die hintere Herzkammer. Der ausgestreckte Finger kommt bedrohlich nahe. Aber es ist seine Pflicht, hier auszuharren. «Mannhaft, Lampe», befiehlt er sich und gehorcht.

Jetzt.

Jetzt geht Mesmer zum Angriff über. Berührt ihn mit dem Finger an der linken Hand. «Prokop Divisch», denkt Lampe. Und «Sigurd», denn Lampe verspürt ein Gefühl, das ihn an Mähren erinnert. Ein Kribbeln und ein Schlag. Ein leichter Schlag, als würde ein schwacher Blitz in ihn hineinfahren, als sei Mesmer ein Draht, der die Luftelektrizität ableitet. «Ein extraterrestrisches Wesen», murmelt Hamann.

«Kopfschmerz», registriert Lampe. «Gleich bekomme ich Kopfschmerz wie Kant.» Während Lampe auf den anschwellenden Kopfschmerz wartet, fährt der elektrische Finger seinen Arm hoch, und Lampe spürt eine aufsteigende Wärme, die sich im ganzen Körper ausbreitet und eine pubertäre Röte auf sein Gesicht zaubert. Die Lider werden schwer. Nur kurz hat Lampe die Konzentration verloren, jetzt, da er Mesmer noch einmal schnell anblickt, hat sich dessen Gesichtsausdruck verdichtet, ist ganz Kraft. Es blitzt. Und jetzt schlägt's dreizehn. Sprühende Funken tauchen vor seinen Augen auf, ein konvulsivisches Zittern ergreift seinen Körper, Lampe wirft die antrainierte Ausdrucksstarre von sich, seine Gesichtszüge verkrampfen zu einer widerlichen Fratze, ganz Spott und Häme, seine Stimme nimmt einen knurrenden, schmähenden und sarkastischen Tonfall an, unterbrochen von höhnischem Blöken, mit bleckenden Zähnen ...

(Ich muß leider die Perspektive ein wenig ändern, weil ich mich jetzt beim besten Willen nicht mehr einfühlen kann in diesen Lampe. Sein Anblick hat mich zutiefst verstört, verfolgt mich nächtens, deshalb male ich die Szene etwas schlichter und moderat geschönt, auf jeden Fall nicht so drastisch, wie ich es eigentlich müßte.)

Mesmer weicht vor dem unangenehmen und fauligen Atem Lampes zurück, denn dessen Magenpförtner steht offen und lüftet die vor Angst übersäuerten Säfte. Man riecht noch, wenn man denn Phantasie hat: Kalbssuppe mit Reis, Graupen, Kalb (Rind?), Haarnudeln, englischen Käse, frisches Brot.

Lampe stampft kurz mit einem Fuß auf. «Hinweg mit Ihm», zischt er zu Mesmer. Lampes Gestalt ist alternd, schön ist er nicht. Und dann hebt er an zu reden, in einem gleichermaßen nörgelnden und spöttelnden Tonfall:

«Was kümmert's mich! Suchet Gott, wo Ihr wollt. Innerhalb oder außerhalb der Grenzen Eurer nackten Vernunft. Innerhalb findet Ihr nur Euch selbst, leichenblaß und verkrümmt wie eine Schlange. Nichts ist langweiliger, als Ihr selbst es seid! Und erträumt Ihr Euch außerhalb Euren Gott, so werdet Ihr morgen stocknüchtern sein, wenn Ihr Eurer erschöpften Körper ansichtig werdet und dem Fürst der Erde Dankbarkeit zollt, wenn er Euch läßt überleben. Oder könnt Ihr Euch aus Eurem Körper hinausphantasieren? Könnt Ihr ihn ablegen und auf ewig in den süßen Gärten und Luftschlössern lustwandeln? Springt doch! Springt! Seht Ihr? Euer Körper fällt zur Erde zurück. Wie unelegant. Vous êtes inflexibles. Eripuit caelo fulmen? Daß ich nicht lache! Laßt Euch nicht länger von der Vernunft foppen. Euer Körper ist die Vernunft und damit holla!

Und hier ist das Zeichen des Kontrakts, den Ihr mit dem Fürst der Erde geschlossen. Denn wisset wohl: Und Adam, nachdem er aus dem Paradies vertrieben ward, nahm Ochsen und begann zu ackern, um sich Nahrung zu verschaffen. Da erschien der Teufel und blieb vor den Ochsen stehen und ließ nicht zu, daß Adam die Erde bearbeite, und der Teufel sprach zu Adam: Mein ist die Erde, Gott gehört alles Himmlische und das Paradies. Wenn du mein sein willst, dann bearbeite die Erde; willst du aber Gott gehören, so gehe nur ins Paradies. Adam sprach: Gott gehört der Himmel und das Paradies, Gott gehört aber auch die

Erde und das Meer und die ganze Welt. Und der Teufel sprach: Ich lasse dich nicht die Erde bearbeiten, wenn du mir nicht durch dein Chirographum verschreibst, daß du mir gehörst. Und Adam sprach: Wer der Erde Herr ist, dem gehöre auch ich und meine Kinder.

Hier ist das Chirographum.»

Als Lampe seine Rede auf der Couch bei Kirchner beendet, lacht er kurz, ein helles, die Nervensaiten seiner Zuhörer zerreißendes Lachen. «Ihr Narren!» schreit es aus Lampe, dann fällt sein Körper seitlich um, als ziehe ihn ein Magnet oder ein magnetisierter Federkern an und lege ihn flach. In den Händen immer noch die Scherbe. Sein Mund steht halb offen, und aus ihm tönt es: *rrrruachhhh – rrrruachhhh – rrrruachhhh.*

Und die anderen Personen im Raum? Ich gestehe, ich habe zu gebannt bisher nur auf Lampe geschaut und kann die Zeugen der Szene nicht wirklich objektiv beschreiben. Ich bin also auf Vermutungen angewiesen. Herr Kirchner, dessen Gesicht wie ein Protokoll jede Erfahrung aufzeichnet, wirkt schwer wie ein überlasteter Aktenschrank. Das Fräulein Henriette dürfte zwischenzeitlich kollabiert sein, zumindest aber das obligatorische Taschentuch vor den Mund halten. Und Mesmer beschaut ungläubig seine Armaturen.

Hamann ist das Blut urplötzlich vom Kopf in die Beine gefahren und hat ihn knien lassen. Er zittert wie ein Eingeborener, der soeben dem Geist eines Verstorbenen begegnet ist. Seine Vernunft, mit der er alle Empfindungen wie eine Haut überzieht, bekommt häßliche Risse. Seine Überzeugungen laufen aus, hinterlassen auf dem Fußboden einen großen Flecken. Hamann ist porös. Und keiner merkt es. Und keiner kann ihm helfen. Was ist geschehen, fragt er sich und versucht mit Fragen seine Wunden zu schließen. Hat er nicht soeben das *rrruuuachhh – rrruuuuachhh – rrruuuachhh* des greisen Russen aus dem Munde Lampes gehört, und hat nicht der feuchte Atem des Russen soeben seinen Hals gestreift? Wer ist hier wer?

Hamanns Hirn wird jetzt, da die Vernunft ausläuft, in Sekundenschnelle mit Bilderfluten überspült: Er sieht seine enge und stickige Amtsstube mit den unerträglichen Kollegen, der Traum vom fetten Buch kommt prompt, seine hellhäutige Catharina Berens taucht auf, und ihre Erscheinung wird von einem jähen Schauer von zärtlichen Gefühlen begleitet, aber schnell friert das Bild ein, denn Senel versucht ihn zu tätscheln und wirft einen Seidenshawl nach ihm; Klein, dieser zerknautschte Gauner aus Amsterdam, haut ihm jovial auf den Hinterkopf, Shepherd klopft an seine Gehirnkammer und verlangt eine Nachzahlung; ich bin kreditwürdig, schreit es in Hamann; er sieht, wie Herder in diesem Moment mit einem wie immer dicken Buch beginnt, und sofort ist da wieder dieses Gefühl von, nein, sagt Hamann, Neid ist der Anfang vom Ende, und vor allem sieht er Kant, Kant, der sich schon wieder in seinen Eingeweiden zu schaffen macht, diese nagende Anwesenheit; immer wenn er sich umdreht, steht Kant schon da, wie vom Himmel gefallen; Kants kräftige Zähne sieht er, dann hört er ihn lachen, Hamann, du Träumer, wann willst du endlich aufwachen, prüfe, was du siehst, denn was du siehst, das gibt es nicht, du Holzkopf, du Schwärmer, du Müßiggänger und Fresser, du …: hör Er auf, jault Hamann wie ein Hund, und dann öffnet er den Mund, bewegt seine Zunge, aber der Mund ist zu trocken und die Stimme versagt; zu sterben, fühlt sich das so an, fragt er sich? Oder fühlt so ein tödlich verwundeter Soldat? Durch viele Schichten von Erinnerungen ruft sein Bruder zu ihm, der debil geworden war, seine pelzige Stimme hört er, Hinweg! Bruder! Hinweg! Und dann spürt er eine Kraft, die nicht ausgeflossen ist und die sein Sprachzentrum anschiebt, bis er mit einer jahrtausendealten Stimme murmelt:

«Eine Phantasmagorie, wir sahen eine Phantasmagorie. Wir sind wohl alle heute abend etwas überreizt.»

Alle stimmen ihm erleichtert zu. Dieser eine Satz wälzt die Stimmung um. «Wir haben wohl mit offenen Augen geträumt», bestätigt Kirchner. (Kirchner stirbt nur zehn Monate später an einem eiternden Hundebiß. Bis zum Ableben weigert er sich standhaft, sich von einem traditionellen Mediziner behandeln zu lassen. Leider schlagen die Magnetkuren nicht an.)

«Eine kleine Schwäche, mehr nicht!» so Fräulein Henriette, die drei Jahre später, noch immer im Stande des Fräuleins, ein tödlicher Blutsturz ereilen wird.

Mesmer schweigt und befühlt noch immer seine Hand. (Dieser Auftritt heute markiert eine erste Zäsur in seinem Leben, obgleich seine Zeit noch kommen wird. Die letzten Jahre verbringt er vereinsamt zur Untermiete bei einem abgefallenen Jünger, der ihn mit eigenen neuen Theorien quält.)

Lampe, der soeben erwacht und blinzelt, als trete er aus stockfinsterer Nacht ins Helle, ratifiziert die allgemeine Einschätzung: «Ich hatte einen gar bösen Traum.»

«O ja», intonieren alle im Chor. «Ein gar böser Traum.»

Fräulein Henriette geht auf ihn zu, faßt ihn an der Hand und sagt: «Komm Er. Wir werden Ihn und uns ein bißchen ablenken und uns amüsieren. Hat Er denn Hunger?»

«Und ob!» sagt Lampe. «Und ob!» Erhebt sich und stelzt ins Nebenzimmer, als würde der Erdmagnetismus bei ihm nicht mehr richtig funktionieren.

Lampe wundert sich über den verschlossenen Hamann und möchte wissen, ob er mannhaft war. Aber Hamann gibt keine Auskunft. Hamann, der ewig skeptische Hamann, redet am ersten Tag der Rückreise sehr viel, macht immer wieder eine kleine Probe, indem er ein lateinisches Zitat einstreut oder einen Satz mit einem französischen Bonmot garniert. Einmal bildet er sogar absichtsvoll einen falschen lateinischen Ablativ, um Lampe zu testen, der aber nur trocken kommentiert: «Heißt das wirklich so? Deklinier Er bitte sorgfältig, liebster Johann», dann lacht Hamann beinahe so hysterisch wie gestern Lampe und redet schnell weiter, weil er befürchtet, wieder von Lampe nach dessen Auftritt befragt zu werden.

«Wie war Lampe denn?»

Und weil Hamann so viel redet – Ach, welch ein Wetter! Ach, welche Klarheit! Eine Rede der Kreatur an die Kreatur!, lieber Martin, sieh Er die liebe Sonne, seit Minuten schon will sie untergehen, wird aber stets erneut nach oben gedrückt, als sei der Horizont mit abstoßender Kraft geladen, welch herrliches Symbol unserer Zeit! Die Sonne will nicht untergehen! –, weil Hamann also unentwegt redet, achtet er erneut, wie schon auf der Hinreise, nicht hinreichend auf den Rhythmus der Kutsche (diesmal eine weich gefederte Kutsche, schönstes Holz, edle Pferde!) und beißt sich, als die Kutsche über einen Felsbrocken fährt, erneut auf die Zunge, die wieder einmal vorwitzig aus dem Mund herausschaut. Hamann schreit kurz auf und schmeckt Blut. Aber Lampe lächelt ihn nur an, streckt seine Hand aus und sagt: «Keine Angst, lieber Freund. Nun wird Martin Ihn ein wenig magnetisieren!»

Leider macht die Kutsche genau in dem Augenblick, da Lampe sich vornüberbeugt und mit dem Finger den Arm von Hamann berührt, der ängstlich Auswege erkundet, eine Kurve und biegt in ein Flußtal ein, das ich von meiner Warte nicht überschauen kann.

Nur Hamanns Schrei ist noch recht deutlich zu vernehmen.

Fünfter fliegender Brief

Lieber würdiger Freund!

Solange unser Lebenslicht noch brennt und scheint, wollen wir uns desselben erfreuen und dabei fröhlich sein (denn es währt doch nur eine kleine Weile) – und uns müde arbeiten, damit wir mit Grund der Wahrheit zum Abendsegen sagen können: wie wohl wird's tun!

Ihr herzlicher Brief* hatte so manche Saiten meines Gemüts so innig gerührt. Sie haben mir Wasser auf meine Mühle und Öl in meine Lampe geschenkt – und edlen Wein zur Stärkung meines blöden Magens, der an Ekel bisweilen laboriert. Ich kam gestern erst gegen Abend nach Hause von einer langen Reise und trank auf Ihre Gesundheit wider alles Vermuten ein Gläschen Clairet bei meiner Freundin und Gevatterin Mme Courtan und habe Ihr Andenken im Herzen herumgetragen. Erfahrung und Offenbarung sind einerlei und unentbehrliche Krücken oder Flügel unserer Vernunft, wenn sie nicht lahm bleiben und kriechen soll. Unsere Vernunft muß warten und hoffen – Dienerin, nicht Gesetzgeberin der Natur sein wollen. Und auch das Kreuz leidiger Erfahrungen darf uns nicht irre machen.

Ich habe mich mit viel Appetit an die Erfahrung gemacht, die Sie mir aufgetragen, weil ich es für nötig hielt, mein eigen Urteil zu bilden. Mesmer residierte in nicht allzu großer

---

* Leider bleibt unklar, auf welchen Brief sich Hamann hier bezieht.

Ferne, und ich brannte vor Neugierde, ihn zu sehen. Der große Schwindel hat jetzt ein Ende, dafür ist mein herkulischer Appetit ärger denn zuvor. Mesmer ist ein Mann mit feiner Gesinnung, mißtrauisch gegen sich selbst und ohne Vorurteil einfachen Menschen gegenüber. Auch wenn nicht alles nach unseren Plänen vonstatten ging, so war doch die Reise bei allem Ungemach ein Gewinn. Nur denken Sie daran, man kann auch diese Kräfte ganz zum Bösen wenden, kann auch die Sinne verführen und sich der Menschen bemächtigen. Haben Sie also acht mit Ihrem Thomasglauben.

In Ansehung des Magnetismus nur noch dies Wort: Ich halte ihn für eine sehr leicht entweihbare, bisweilen sehr gefährliche, allemal sehr mühsame und nie ohne medizinische Behutsamkeit anwendbare, nichts weniger als allgemeine Curart, die von den Einen viel zu hoch, von den Andern viel zu niedrig angesetzt wird. Aber auch hier gelte das Motto: Witzelei wird von der Zeit zerstört, Wahrheit bestätigt. Hierauf bäldest noch ein kühles Briefchen.

Unterdessen hat Gott auf eine wunderbare Art für meinen einzigen Sohn gesorgt. Bisher war er mein größter Kummer, weil alles so krebsgängig vonstatten ging. Häfen von Bier soff er zuweilen und folgte auch darin dem Vorbild väterlicher Weise, jetzt aber will er sich ganz der Medizin widmen und hat eine Geldquelle erschlossen, die hoffen läßt. Und auch ich habe Grund zu danken, denn nach meiner Beförderung zum Packhofverwalter vor einigen Jahren, die meine Situation deutlich verbessert hat, stellte mir jüngst der liebenswürdige Buchholtz eine Zuwendung in beträchtlicher Höhe in Aussicht, die mich aller Sorgen ledig machen würde.

Gnade, Liebe und Friede walte über Sie und die Ihrigen. Gesetzt, daß wir uns hier nicht sehen, so mögen unsere Söhne einmal das Andenken unserer Freundschaft feiern.

Euer innigst verbundener

Johann Georg Hamann

Adresse: Herrn / Johann Caspar Lavater / Diakon ʒu St. Peter / ʒu Zürich

Die Wellenreiter

Ein Ausbund an Höflichkeit. So gibt sich Kant. (Beinahe schon sympathisch.)

«Eine kleine Erschütterung des Hirns. Da hab' Er nur acht. Das kann Spätfolgen zeitigen.»

(In diesem Augenblick hat Kant als erster Wissenschaftler den Ausdruck «Spätfolgen» geprägt. In seinen Schriften taucht der Begriff meines Wissens allerdings nirgends auf. Auch in Eislers Kant-Lexikon keine Spur!)

«Sucht Ihn zuweilen noch ein leichter Schwindel auf? Hat Er bereits mit warmen Wickeln Abhilfe zu schaffen versucht? Lege Er nur die Beine auf den kleinen Schemel, und atme Er tief durch die Nase bei weit geöffnetem Munde. Er wird sehen, wie es hilft!»

So geht das schon eine ganze Weile.

Aber Kant versteht sich nicht nur auf die Höflichkeit. Er ist auch ein Stratege der Gesprächsführung. «Hat ein Magnetschlaf unserem kleinen Problem Wege gewiesen? Hat das Heilpflaster der Träume die Träume Seines Geistersehers kuriert?» fragt er, an Hamann sich wendend.

«Woher weiß Kant von den Träumen eines Geistersehers? Oder ist das einfach nur eine sprachliche Finte? Wo gibt es eine undichte Stelle in meinem kleinen Haushalt?» durchfährt es Hamann.

«Hat denn mein getreuer Diener Ihm beistehen können?»

Hamann meidet den Blickkontakt mit Lampe, in dessen Augen noch immer das «Wie mannhaft war ich denn?» zu lesen steht. Seit Tagen quält Hamann die Frage, wie es weitergehen soll. Eine Vernunftkolik jagt die andere.

warum die Nacht den Homer erleuchtete und allen Liebhabern der schönen Natur günstig ist Schwindelgefühle sind eher ungünstig Immanuel darf mich nicht für verrückt erklären warum habe ich einen so großen Respekt die Antike ist meine Schwester und Immanuel mein Bruder warum nur Kalb und immer Haarnudeln unser Zeitalter ist das eigentliche Zeitalter der Kritik was soll ich Lavater schreiben dem Züricher Thomas Thomas Thomas auch Gaßners Vertrauten aufsuchen was kann Vernunft im Heilschlaf erkennen wer war der Russe ein Spion und Berens sein Vertrauter wenn ich Kant erzähle was ich gesehen werde ich morgen in der Zeitung stehen HAMANN DER TOTENGRÄBER DER AUFKLÄRUNG MESMER UND HAMANN ZWEI HÖLLENHUNDE NACHTTÖPFE EINES ZWEIFLERS hypochondrisches Magendrücken muß ich abstellen habe nicht mehr Zeit für meinen lieben Garten wahrscheinlich hat Reginchen bereits die Äpfel zu Mus verarbeitet mein Gehirn arbeitet kaum noch habe nur noch Lust zu essen schlafen lüsteln Nachtgedanken über Selbsterkenntnis MAGNETISMUS FÜR FRAUEN METAPHYSIK FÜR DUMME KERLE PHYSIK FÜR SÄUGLINGE bin ich Kant Dankbarkeit schuldig für den Packhofverwalter warum läßt Martin nicht von mir ab erwartet das

Publikum der langen Weile nicht zur Messe Sinnenfreudiges warum denke ich bloß unentwegt ans Essen Würste Ziegenkäse Met RITTER VON ROSENCREUTZ' KAMPF MIT DEM ELEKTRISCHEN FINGER AUFFLIEGENDE VERTRAULICHE BRIEFE ÜBER MARTIN ist jetzt meine Muse ein Zeichen in Wolken Kant wird mich steinigen zu viele Steine im Garten machen unfruchtbar habe ich Martin bisher unrecht getan was hat er während der letzten Reisen alles erleben müssen warum hat Papin die Begegnung nicht gesund überstanden mein Denken ist ein klares Gemälde meiner wüsten Lebens- und Denkungsart LAMPESCHER MAGNETISMUS DENKWÜRDIGE VERTEIDIGUNG DES DUZENS:

«Martin und ich sind gescheitert!»

«St. Martin und Er sind gescheitert! Interessant!»

Kants spöttischer Blick.

bin wohl nicht mannhaft genug gewesen und war nicht der richtige Kandidat für den Heilschlaf was wird nur aus Fräulein Henriette HENRIETTE ODER GEHEIME LEIDENSCHAFTEN Johann ist mein erster wahrer Freund aber eine harte Nuß muß ich mich jetzt wieder mit ungebildeten Menschen umgeben mit geringen Mitgesellen den Dienst versehen wird Hamann mit mir brechen vielleicht nie mehr reisen nur noch KANT KANT KANT muß ich ihm jetzt erneut die Füße küssen und Gehorsam schwören muß ich auf die Knie fallen und den Maulaffen spielen oder diensteifriges Ungeziefer spielt er jetzt weiter meinen Erhalter wie wunderbar war

diese Zeit wie himmlisch der Traum VON KANT ZU
LAMPE wo such ich nur die Trägheit wohin mit dem
Verstand zurück in die Finsternis wie find ich nur die
Sprache wieder JAWOLL – EIN HANDBUCH FÜR
DIE DIENERSCHAFT aber ich will nicht kapitulieren
will nicht von der Fahne gehen will es durchstehen also:

«So ist es. Johann und mir ward kein Erfolg beschieden!»

«Johann? Wie meinen?»

«Es gibt nichts zu beschönigen», gesteht Lampe
tapfer.

«Nein, gar nichts», pflichtet Hamann leise bei.

«Ich merke schon! Man hat der Neigung nachgege-
ben. Man muß auch wollen wollen. Machen beide Vorschläge!»

«Hmmmmm.»

«Hmmmmm.»

In Gedanken gehen alle die Zeitungsmeldungen der
letzten Wochen durch. Man hört, wie sie im Kopf die Seiten umblättern. Nein. Diese Ausgabe verzeichnet leider
auch nichts Aufregendes. Weg damit. «Systematisch!»
ermahnt sich Hamann und notiert im Hirn zunächst vier
Punkte, die die Auswahl erleichtern sollen:

1. Kant muß diesmal zugegen sein. (Stichworte: Selbst-
   zweifel, Reiseangst, Verletzungsgefahr etc.)
2. Da Kant Königsberg nicht zu verlassen gedenkt,
   muß das Experiment hier stattfinden (Stichworte:
   Zeitgewinn, Lampes Dienstpflicht etc.).

3. Finden die Experimente bei Kant statt, darf ich für einige Zeit auf Freitische hoffen. (Nebenrechnung: 1 Freitisch = zwei Bücher; Haushaltslöcher, Budgetengpässe)

4. Bleiben wir in Königsberg, kann ich mit den Säften meines Körpers besser haushalten. (Stichworte: Ehepflichten, Entspannungsübung, Gesundheit etc.)

Aber jetzt meldet sich schon Lampe.

«Ich habe in der Hartmann'schen Zeitung gelesen von einem gewissen Christoph Matzerath, der durch seine Stimme Glas zerspringen lassen kann. Er wohnt, soviel mir bekannt, nicht weit von hier.»

«Ah», entfährt es Kant. «Vielleicht könnte er uns eine Probe seines Talents vor den Toren der Stadt geben.»

«Da wäre nur ein Problem», schränkt Lampe ein, «der junge Herr sitzt im Gefängnis ein, weil er den Geldforderungen für die zersprungenen Scheiben leider nicht mehr nachkommen kann.»

«Und wenn wir selbst mit vereinten Kräften einen Versuch machen?» wagt Hamann vorzuschlagen.

«Oder wir übergeben die Aufgabe dem Gefangenenchor dorten!» witzelt Kant und ist merklich enttäuscht, weil keiner lacht.

Aber da faßt schon Lampe Kant bei der Hand, eine weiche, angenehm warme und nicht schwitzende Hand, zieht ihn zum Hocker, auf dem die Scherbe liegt, ergreift

Hamann bei der anderen Hand, der nun schüchtern seinerseits Kants Linke aufnimmt und zählt:

«Eins, zwei, drei – und jetzt alle!»

«One two three, everybody now» – übersetzt Hamann synchron. Jetzt ist er wieder in London bei Senel.

Iieeeh!

«Das vermögen wir noch besser», feuert Lampe sie an. Drei Königsberger holen tief Atem und brüllen auf Lampes Kommando: «Eins, zwei, drei!» los. (Im nahen Gefängnis halten die Wärter den Schrei für das Signal zu einem Gefangenenaufstand und eilen zu den Waffen.)

IIIiieeeeehh!

«Schon bedeutend besser. Nun noch einmal mit aller Manneskraft. Man muß auch wollen wollen. Eins, zwei, drei!»

IIIiiiiiiieeeeeeeeeeeäääähhhhhhhhh!

Plötzlich springt die Tür auf und die Köchin erscheint, bewaffnet mit einem wirklich beeindruckend langen Messer.

«Wir forschen nur. Beruhige Sie sich», beschwichtigt Kant, der als erster Herr der Situation ist, obgleich noch außer Atem.

Die Köchin schüttelt den Kopf und geht ab.

«So gibt es kein Vorankommen», entscheidet der Vater und Hohepriester der kritischen Philosophie, von dem man mehr preußisches Durchhaltevermögen hätte erwarten dürfen.

«Dialektik», sagt Lampe, der die Stimmung retten

will. «Wenn denn unsere Stimmen weder Glas noch diese Scherbe zerstören können, vielleicht vermag es das singende Glas, die Glasharmonika, die ich jüngst bei Kirchner gesehen.»

«Dialektik», murmelt Kant und beißt sich an dem Wort fest.

Hamann kontrolliert den Vorschlag mit seinem Denkzettel und ist, nachdem er vier Haken angebracht hat, mit dem Vorschlag sehr zufrieden: «Eine Glasharmonika, welch schöne Idee. Ist denn eine in Königsberg zugegen?»

«Kein Problem!» behauptet Lampe.

Kant sagt zunächst nichts. Kant liebt keine Musik, entscheidet dann aber: «So sei es!»

Vielleicht sagt er es auch nur, weil die Hände schwitzig werden.

Und während Hamann sich an diesem milden Spätsommertag von den Strapazen seiner Reise erholt, ein wenig seine Frau Anna Regina mesmerisiert, während Johann Caspar Lavater in Zürich ein ⊗ in sein Tagebuch einträgt, während Johann Gottfried Herder seine Gattin Caroline Flachsland erkennt, hört man aus der Arbeitsstube des großen Gelehrten sirrende Geräusche.

Zehn Gläser stehen auf dem Schreibtisch, mit unterschiedlichen Mengen Wasser gefüllt. Kant beugt sich über die Arbeitsplatte und schnippt mit seinem Mittelfinger gegen eines der Gläser, nickt zufrieden, greift zur Feder und notiert eine kleine Theorie des Schalls, schaut allerdings häufig verärgert aus dem Fenster, weil nicht der Gefangenenchor, sondern Lampe theorieverhindernden Lärm macht.

(Sie fragen vielleicht, ob Kant sich gar nicht über die Verwandlungen Lampes gewundert hat? Da es schwierig ist, sich in einen so fulminanten Denker wie Kant einzufühlen, bin ich auf Vermutungen angewiesen. Lampe war während der letzten Jahre beinahe nicht anwesend und Kant, ein Gewohnheitstier par excellence, hat sich längst an den neuen Zustand gewöhnt. Allenfalls lästig ist es ihm, von der Köchin geweckt zu werden, die auch nicht sein Schlafgemach betreten darf, sondern so lange gegen die Tür klopfen muß, bis Kant von innen mit einem Klopfsignal antwortet. Vielleicht erinnert sich Kant gar nicht mehr genau an den Zustand, der vor Lampes Forschungsreisen herrschte, vielleicht ist er aber auch zu selbstverliebt, um die lästigen Alltagsdinge zu registrieren.)

«Sie will es mir nicht überlassen.» Lampe steht im Zimmer.

«Was will sie Ihm nicht überlassen?»

«Sie will mir nicht ihr altes Mieder überlassen.»

«Aber was will Er denn mit einem alten Mieder?»

«Ich benötige Teile als Transmissionsriemen.»

«Als Transmissionsriemen!» Nur kurz stockt Kant, gibt dann aber sein nihil obstat. «Natürlich. Sie soll sich schicken.»

Lampe verbeugt sich knapp, wirft einen schnellen Blick auf den Experimentaufbau – «Aha, schon sehr schön. Er kommt voran. So fängt ein jeder einmal an.» – und tritt ab.

Während Lampe in seinen Bemühungen fortfährt, notiert Kant den ersten Satz zur Theorie des Schalls:

«Die ersten Gründe des Schalls liegen in der magnetischen Beschaffenheit des Glases. Um dieses deutlich zu machen, muß man nur darauf verweisen, wie das Wasser am Rand des Glases nach oben gezogen wird. Man hat es nämlich in unsern Tagen allererst einzusehen begonnen ...»

«Sie verweigert mir den Zugriff auf die Haushaltskasse und hält sie vor mir verborgen.» Lampe steht erneut im Zimmer.

«Wofür benötigt Er denn Geld? Was will Er denn besorgen? Was sucht Er denn so eilig?»

«Gläser muß ich blasen und schleifen lassen mit einem Loch in der Mitten für die Achse!»

Kant zögert kurz. «Nun gut. Sie soll Ihm das Geld geben.»

Lampe tritt wieder ab.

(Sie können sich leicht ausmalen, wie zunehmend unglücklich die Köchin auf die neuerliche Präsenz ihres Vorgesetzten reagiert. Und sie droht sogar mit Kündigung, als Kant von ihr noch sechzehn weitere Gläser und Schalen für seine Experimente verlangt und entschuldigend von gekoppelten Tonfolgen und Dissonanzen murmelt.)

Dann wird wieder gehämmert im Hause Kants, gesägt und gefeilt, gelegentlich ertönt ein «Heureka» im Garten, aber solch ein Kommentar stört Kant nicht länger, sondern treibt einem Transmissionsriemen gleich seinen

Denkmotor an. Nur abends herrscht Ruhe. Dann weilt Lampe bei Hamann, um mit diesem zu forschen.

Morgens wird Kant weiterhin von der Köchin geweckt.

«Wenn die Herren vielleicht einen Blick auf meinen Gegenstand zu werfen sich entschließen könnten», nörgelt Kant und zwingt damit Lampe und Hamann, die vertrauensselig tuscheln, sich dem Tisch zu nähern, auf dem eine Reihe von Gläsern angeordnet ist.

«Achtung!» befiehlt Kant und intoniert ein bekanntes Kinderlied, das auch durchaus Eindruck macht.

«Köstlich», sagt Hamann, «so betörend. Einer Sirene gleich. Ich bin tief bewegt.»

«So stimmig das ganze Werk! Meinen aufrichtigen Respekt. Nur denke Er daran, wie unbequem es ist, wenn das Instrument durch die Verdunstung des Wassers Mißtöne produziert. Ich habe deshalb einen anderen Weg gewählt, den die Erfahrung mich lehrte.»

Mit einem geschickten Schwung entfernt Lampe das Bettlaken, unter dem die Glasharmonika bisher verborgen lag: Die erste Königsberger Prototype, der man noch die Spontaneität des charmanten Erfindergeistes ansieht, die aber auch bereits Meisterschaft erahnen läßt. Hartes Walnußholz, eingearbeitete Perlmuttknöpfe, geschliffenes Glas, das an Lüster denken läßt. Präzise Wertarbeit, made in Königsberg.

«Wenn ich kurz erläutern darf», und in Lampes Stimme schwingt der Stolz des Forschers mit, der zuweilen in Arroganz umkippt: «Ich habe siebenunddreißig Gläser mit verschiedenem Durchmesser blasen lassen, in der Mitte jeweils ein Loch, und habe sie – mit des lieben Johanns Hilfe – der Tonfolge entsprechend auf eine metallene Achse so befestigt, daß sie sich nicht berühren. Mein Instrument ist also, im Gegensatz zu dem des weisen Herrn Professors, unabhängig vom verdunstenden Wasser, und ein Spieler kann bequem vor dem Instrument Aufstellung nehmen und mittels Pedal die Welle in eine ständige Umdrehung bringen, um solcherart mit benetzten Fingern der Harmonika sphärische Klänge zu entlocken.»

Kein Ton.

Von Kant kein Ton. Doch sein Gesicht spricht Bände. Und mit jeder Lobeshymne, die jetzt aus Hamanns Munde kommt – alter speichelleckender Schwärmer, denkt Kant –, wächst die Eifersucht auf seinen Diener, der sich so ungezwungen mit Hamann versteht, mit ihm fachsimpelt, musiziert und nächtelang Instrumente bastelt. Hätte Lampe nicht sein, des großen Kants höherer Diener werden können, sein Projekt der Bildung, und nicht des einfachen Zöllners liebstes Kind? «Schön und gut. Und welche Überraschung hat Er uns noch zu bieten?» Kant schaut Hamann unvermittelt, von Spott und Eifersucht gleichermaßen gezeichnet, ins Gesicht.

Hamann, der soeben zu einem neuen Hymnus ansetzen wollte, stockt kurz, hebt dann aber triumphierend die Hand: «Ich habe mir erlaubt, ein kleines Adagio für eine Glasharmonika zu komponieren und dabei dem evangelischen Gesetz der Sparsamkeit im Reden und Schreiben auch bei dieser Arbeit Geltung verschafft. Keine unnütze und müßige Note setzte ich aufs Papier. Ökonomie und Stil. Der liebe Martin hat mich schon ein wenig üben lassen, und seine Aufmunterung hat mir Mut gemacht, es hier und heute aufzuführen. Ich spüre eine große Kraft in mir, heute wird es gelingen, nein, was sage ich, heute muß es gelingen.»

«Man muß nur wollen wollen.» So Lampe, sich zu Kant neigend.

«Hier also die Noten, jüngst erst ins reine geschrieben. Wenn es den Herren möglich ist, dann darf ich sie höflich darum ersuchen, den Vortrag durch lautes Summen zu unterstützen.» Ein leichtes Zittern in Hamanns Stimme verrät das Lampenfieber vor dem ersten Auftritt.

Kant wirft einen kurzen Blick auf die Noten. Muß er nicht in seiner künftigen Ästhetik auch die Musik berücksichtigen? Ihm graust davor.

«Nun denn!»

Hamann legt die Scherbe oben auf die Glasharmonika, streicht noch einmal die Noten glatt. Sie hören Lampe bereits mit erstaunlich viel Gefühl summen. Jetzt befeuchtet Hamann die Finger, betätigt das Pedal, und himmlische Musik ertönt. Nur Kants Summen hängt einen Halbton hinter den anderen beiden Chormitgliedern zurück.

Töne von lichter Klarheit erschallen, steigen auf der Tonleiter nach oben, die wie eine Himmelsleiter bis ins große Trans reicht, und auf den Sprossen klettern die Noten in schwindelnde Höhen, Himmel und Erde berühren sich, extremes meet, das Endliche und das Unendliche feiern mit klirrenden Gläsern Versöhnung, stoßen an auf eine neue Zukunft. In diesen Augenblicken entsteht das Weltall zum zweitenmal, dieses Mal fehlerfrei, das Chaos schwindet, denn das Tohuwabohu der Moderne wird von den hellen Tönen, die die flinken Finger Hamanns hervorzaubern, in eine schöne Ordnung gebracht und mit einem Schnörkel von Lampes Summen verziert. Kosmische Harmonie. Allversöhnung. Hier und jetzt, in Kants Arbeitszimmer, ist der Norden der neuen der Welt, der Urort und die Urzeit, und wenn Hamann, Lampe und Kant, diese drei, ganz bei Sinnen gewesen wären, dann hätten sie den leichten Knall vernommen, der die neue Zeit angekündigt. Stunde Null. Nur Kants dünnes Summen trübt ein wenig die Inszenierung! Er kann nicht ganz mithalten, ist verantwortlich für eine leise Kakophonie, findet das Tempo übertrieben – dabei zeugt die Musik nur von neuer Lebenslust – und argwöhnt, die zwei wollten ihn abhängen. (Vielleicht hört sich sein Summen auch nur deshalb leicht diabolisch an, weil er zu denken aufgehört hat.)

Erst als der letzte Sphärenklang ins Unendliche aufgestiegen ist, nimmt Hamann die Hände vom Instrument, dreht sich um und schaut in zwei entzückte Gesichter.

«Er hat himmlisch gespielt, mein lieber Johann», schwärmt Lampe.

«So schön kann also Musik sein», nuschelt Kant und verspürt einen kurzen, grellen Kopfschmerz.

«Es hat gefallen?» fragt Hamann sichtlich stolz und erinnert sich an Senel in London, würde jetzt auch gerne seidene Shawls ins Publikum schleudern.

Und während Hamann noch in Erinnerungen schwelgt, hätte er vielleicht doch Konzertmeister werden sollen?, geht Lampe, noch immer tief bewegt und erregt, zur Glasharmonika und nimmt die Scherbe in die Hand.

Jetzt dreht er sich um, in beiden Händen ein Stück der Scherbe.

«Seht! Es ist, es ist, es ist …» stammelt er, augenblicklich erbleichend, ungläubig und auch enttäuscht. (Die Enttäuschung überwiegt, denn ab jetzt gibt es keinen Grund mehr für die Reisen. Kein Schellatto mit Trester, keine kategorischen und imperativen Berge, kein Duft von eingefetteten Gewinden, Rädern, Schrauben, von feuchten Tauen, Vitriolnaphtha und Lasagne al Pomodoro, auch keinen Pferdegeruch, und vor allem nicht den Vanillegeruch einer französischen Köchin – nur noch das langweilige Königsberg.)

«Man muß nur wollen wollen», triumphiert Kant mit Selbstgefälligkeit in der Stimme und denkt: «Musik also!»

Hamann sinkt auf die Knie, begräbt sein fiebriges Gesicht in den schwitzenden Händen, schüttelt kurz ungläubig den Kopf, springt dann auf, faßt Lampe und Kant bei der Hand und tanzt mit beiden durchs Zimmer. Auch bei diesen ausgelassenen Tanzschritten ist Kants Rhythmusschwäche nicht zu übersehen. Ganz konzentriert flüstert er unmerklich «eins, zwei, drei; eins, zwei, drei!».

Heute abend will auch Kant großzügig sein, schließlich haben sie Grund zum Feiern: «Médoc für alle, liebe Brüder. Médoc bis zur Neige!» ruft er ausgelassen nach der Köchin, seine eigene Warnung in den Wind schlagend, Betrunkene würden leicht zu Tieren.

Nüchtern betrachtet, lassen diese drei an diesem Abend nichts unversucht, sich dem Tierischen zu nähern, singen, lallen, sind unerträglich albern, bis einer dieser drei weinerlich wird, sabbernd und greinend:

«Noch ein kleines Gläschen!» ruft Kant ausgelassen und schenkt nach.

«Prösterchen», lallt Lampe.

«Immi, mich gelüstet es nach ein paar Nüßchen! Und dieser reine Wein ist wirklich fein!» lobt Hamann mit leichter Zunge.

Kant legt feierlich die rechte Hand aufs Herz.

«Es ist doch meine Pflicht, Eure Zwecke zu den meinen zu machen. Wohlwollen …»

«Amor benevolentiae», übersetzt Hamann spontan.

«… Wohlwollen ist meine Pflicht. Ich habe in euch die Menschheit als Selbstzweck und nicht als Mittel zum Zweck vor Augen. Und ich empfinde wie ein Vater für euch. Auch wenn ich euch die Grenzen weise, so tue ich es doch einzig aus dem Grunde, weil ich um eure Schwächen weiß. Ihr seid aus krummem Holz geschnitzt, und ich muß euch den aufrechten Gang lehren. Streng und doch gerecht. Ich, ich …»

«Gut gesprochen, Prösterchen!» unterbricht Lampe und schenkt sich nach.

«Médoc non facit animalum, Immi, Prösterchen!»

«Verzeiht mir, liebster Johann, wenn ich mich so besorgt um Herder zeigte. Ich tat es doch auch nur aus weiser Voraussicht, wollte nicht, daß es Herdern so ergeht wie Ihm. Herder schreibt so rauschhaft, so maßlos, so ohne Grenzen, da wollte ich ihn kritischer machen. Verzeiht mir, edelster Freund, wenn ich falsch gehandelt. Vergebe Er mir, ich, ich …»

«Ach wie wohl, wie wohl ist mir», säuselt Hamann.

«Ich, ich liebe euch, alle, alle, alle, hört ihr, ich liiiebe euch und ich werde euch immer liiiiiieben …»

Der Morgen danach.

Hamann im Nachthemd, ein wenig unvorteilhaft, denn das Nachthemd offenbart unverblümt seine Schwächen: viel fettes Essen, viel Schlaf, wenig Bewegung. Hält einen kleinen inneren Monolog. Ein vielleicht nicht ganz korrekter und fairer Monolog! Nein. Hamann zieht, noch immer berauscht, ungebremst vom Leder. Ein Befreiungsschlag gegen den Übervater! Endlich! Endlich! Die Grenzen sind gefallen. An diesem dunstigen Morgen kann er seinen Denkapparat nicht abstellen, trotz des schweren Médoc, den er viel und ausgiebig getrunken; er hat sich nicht dem Tier genähert, im Gegenteil, er fühlt sich randvoll inspiriert: *Ich stehe erst am Anfang!* Sogar die Zunge scheint auf die rechte Größe verkürzt!

Er sieht Kant vor sich stehen, alternd, pedantisch, Augen, die keinen Gegner kennen, aber er, Hamann, des Baders Sohn, erhebt erst jetzt sein Haupt. Kant fehlt es an Sinnlichkeit. *Leidenschaft allein gibt Abstraktionen sowohl als Hypothesen Hände, Füße, Flügel.* Laß deine Grillen zirpen, Hamann.

Streicht sich kurz über den Bauch. Hunger? Jetzt nicht!

Kant, und wieder steht er vor ihm, dieser Professorenblick, der straft und dafür noch Dankbarkeit fordert, er, Hamann, den Berens und Kant gedemütigt haben, nein, er hat es nicht vergessen, die Schmach, die mit Brotkrumen abgezahlt worden ist, er wird ihnen zur Schmach, wenn er, Hamann, der Magus in Norden, kritischer als Kant wird, ja kritischer. *Ich will Euch einen noch köstlicheren Weg zeigen.* Zwei Flaschen Médoc für diese Schmach. Das ist ein Hurenlohn. Die tiefe Melancholie, die Zusammenbrüche, die zerrissenen Träume, wer zahlt die denn, meine Seelenfäulnis, wer heilt sie denn, wer salbt sie denn, die eiternden Wunden der Verzagtheit, wer rechnet sie denn gut, die durchmarterten Nächte? Kant, Du Hagestolz, *Selber staunt er sich an*, kritischer müßte der Vater der Kritik mir sein, erwachen aus dem homerischen Schlummer, ich, Hamann, der Meister der kleinen Form, forme den Meister, wenn ich mit dem spitzen Griffel zum Angriff übergehe, für einen Witztölpel, einen Gesundheitsapostel, einen Spermolog und Virtuosen nackter Vernunft halte ich Ihn, eine hochnäsige, mausängstliche Memme ist Er, einer, der gnädig Abfälle vom Tisch des Herrn herunterfallen läßt, ein Karriereschwengel ist Er, der anderen abgefeimt die Freunde ausspannt, mir den Herder usurpierte, ein feiger Kuppler der Gedanken, ein mondsüchtiger Greis ist Er, der vor Sekreten sich ekelt und lieber im Bordell der Vernunft ein und aus geht, fünf Frauenzimmer wünsch' ich Ihm an den Hals, diesem Kämmerer aus Königsberg, ich werde ihn kitzeln mit meiner Feder, bis Er sich windet. Mein lumpenreicher Bilderstil wird Seine kleine Blöße offenbaren, diesen alten Geck werde ich das Fürchten lehren, diesem dienstfeifrigen und eilfertigen und geizigen und vertrockneten und papierenen Kontorenstil ein Horn aufsetzen, ein blinder Maulwurf ist Er nur, der Blindeste unter den Menschenkindern, ein Gesetzeskobold und Arbeitstyrann und Fußlecker der eigenen Maximen und Türhüter der Vernunft und ein Galgenvogel des Verstandes und ein Hexenmeister der Imperative und ein Zungendrescher und ein Chronikmacher der Ewigkeit und ein Pontius Pilatus des schlechten Geschmacks, bleib Er nur auf seiner Lockspeise sitzen, diesem tödlichen Gemisch von Vernunft und Unsinn. Optimus maximus verlangt keine Kopfschmerzen, sondern Pulsschläge. Je dunkler, je inniger.

Hamann streicht sich erneut über den Bauch. Der Hunger wird stärker.

Das Zauberbuch der reinen Vernunft, das er endlich nun läßt erscheinen, fünf Klafter tief will ich es vergraben, damit es kritischer wird, die Nachtgedanken werde ich hinzuspintisieren, ich, Hamann, ich, der Oberzöllner Zachäus, der unerbittliche Feind der Abstraktion, der kühne Ritter gegen den eisgekühlten Verstand, keine Tändelei mehr mit den Maulaffen der steifen Vernünftler, den Bilderfreunden gehört rechtmäßig der Lorbeer, *ich will die Energie der Sprache sinnlicher machen*, der Mißgunst des Glücks ein Schnippchen schlagen. Weises Nichtwissen, ruhige Wut, ehrenhafte Tücke werde ich vereinen, eine Kabale aufführen, um das Publikum der langen Weile mit einem Auge lachen und mit einem Auge weinen zu machen, und jeder heilige Tropfen heilt die kaltblütige Verstandesschuld. Hab acht, Kant! Pächter nur ist Er im Olymp der Philosophen, hüte Er sich, damit Ihm nicht gekündigt wird! Sapperment! Ein kategorischer Philosoph und schon erschrocken ob meiner kleinen Philippika? Männlich Kant, und marschfertig, denn hier kommt Hamann, des Sokrates Bankert, Ihm den Marsch zu blasen! *Alles ist eitel!* Ich bin eine Nuß, schlag Er nur kräftig zu, Er wird sie nimmermehr knacken.

214

Ganz schwindlig wird ihm vor Hunger. Aber nein. Jetzt nicht!

Ein Zärtling ist Er. Schau Er auf meine Rüstung. Sieh Er her! Schau Er! Nun schau Er doch! Gevatter! Ehrfurchtsvoll war ich lange genug. Du. Du. Du. Du. Du. Bescheiden will ich mich nicht mehr! Nicht länger will ich vernünftig von meinen Umständen reden! Schluß! Aus! *Ich bin nicht Bein von deinem Bein und Fleisch von deinem Fleisch!* Ich, Hamann, der letzte Sammler und Poet, mein Leib dampft, und kein Balsam Deiner Texte kann mich kühlen, hungrig bin ich, tatendurstig, hänge nicht länger an Deinem Busen, bin entwöhnt, bin längst ein Doppelagent, nicht länger ein Leibeigener Deiner Gedanken. O elendiger, verfluchter Tag, da Du mich verstießest und gleichwohl ernährtest, meine Zunge gebunden hast und die Gedanken verknotet, meine Hoffnungen liegen tot im Grabe, und warst nicht Du es, Stammvater des Zeitalters, Du Hohepriester der Vernunft, der mir meine Braut verweigert, im Bunde mit jenem Dunkelmann, den ich als Freund mir einst erkoren? O kläglicher Tag! O düstere Stunde, da mein Glück verraten ward. Du Herr des Zeitalters, dem die Zeit kurz wird, elendiger alter Mann, hypochondrischer Zwerg, zaudernder Winzling, Du tugendlose Amme. Hinweg mit Deiner schwarzen Milch. Du erdrückst die, die Dir nahe! Begräbst alle unter dem Schild des Verstandes. Stellst deren Lampen unter einen Scheffel. Jetzt aber brennet die Fackel. Und es ist kein Halten mehr. *Virtuose des gegenwärtigen Äons.* Es brennet. Es brennet! Die

Flamme der Kritik. Sie lodert. Spottvogel will ich Dir sein, nicht Singdrossel. Bald schwimmst Du im Blute. Und wirst nicht einmal aufmerken. Hungrig bin ich. Hungrig. Hungrig. Hungrig. Adieu, sag' ich, adieu.

So redet Hamann in dieser Nacht und macht sich, nachdem er lustvoll gespeist hat, noch vor dem Morgengrauen an die Arbeit. Hamann mutiert endlich zum lautstarken Kritiker Kants. Man muß auch wollen wollen. Er tut es mit Verve, wie der sechste fliegende Brief an Lavater verrät. Hier spürt man die Kraft, die in diesen Monaten alle Hypochondrie vergessen läßt. Hamann ist der Seher der radikalen Aufklärung.

Bruder, nur ein Wörtchen!
 Ich fühle in mir eine Kraft, als sei ein böser Fluch von mir genommen. Mit dieser Kraft, die ich jetzt verspür', kommt mir mein bisheriges Leben hündisch vor. Nun, Bruder, habe ich den Mut, mich auch aus falscher Vormundschaft zu befreien, denn an ein wenig Unzufriedenheit mit dem Wege unserer Philosophie fehlt es mir wohl auch schon lange nicht. Was unser Kant letztes Jahr von der selbstverschuldeten Unmündigkeit statt Vormundschaft in den Christmond der Berlinischen Monatsschrift hat einrücken lassen, geht mir bis in die Seele. Meine Verklärung der Kantischen Erklärung läuft darauf hinaus, daß wahre Aufklärung in einem Ausgange des unmündigen Menschen aus einer allerhöchst selbst verschuldeten Vormundschaft bestehe. Die Schuld des fälschlich angeklagten Unmündigen besteht in der Blindheit sei-

nes Vormundes, der sich für sehend ausgibt und deshalb alle Schuld verantworten muß. Ich bin kein Maul- noch Lohndiener eines Obervogts — sondern halt es mit der unmündigen Unschuld.

Bei mir ist nicht so wohl die Frage: was ist Vernunft? Sondern vielmehr: was ist Sprache? Das ganze Vermögen zu denken, beruht auf Sprache. Es läuft doch alles zuletzt auf Überlieferung hinaus, wie alle Abstraktion auf sinnliche Eindrücke. Daher kommt es, daß man Wörter für Begriffe, und Begriffe für die Dinge selbst hält. Reine Vernunft und guter Wille sind noch immer Wörter für mich, deren Begriff ich mit meinen Sinnen zu erreichen nicht imstande bin. In Wörtern aus Begriffen ist keine Evidenz möglich, welche bloß den Dingen und Sachen zukommt. Kein Genuß ergrübelt sich — und alle Dinge sind zum Genuß da, und nicht zur Spekulation. Durch den Baum der Erkenntnis wird uns der Baum des Lebens entzogen — und sollt uns dieser nicht lieber sein? (Kant macht die Vernunft zum Strom und die Leidenschaften zum Ufer.) Werdet wie die Kinder, um glücklich zu sein, heißt schwerlich soviel als: habt Vernunft, deutliche Begriffe. Gesetz und Propheten gehen auf Leidenschaft von ganzem Herzen, von ganzer Seele, von allen Kräften — auf Liebe. Über die deutlichen Begriffe werden die Gerichte kalt und verlieren den Geschmack. Doch Sie wissen es schon, daß ich eben so von der Vernunft denke, wie St. Paulus vom Gesetz und seiner Schulgerechtigkeit — ihr nichts als Erkenntnis des Irrtums zutraue, aber sie für keinen Weg zur Wahrheit und zum Leben halte. Sprache und Schrift sind die unumgänglichsten Organa und Bedingungen alles menschlichen

Unterrichts, wesentlicher und absoluter wie das Licht zum
Sehen und der Schall zum Hören. Nur Wörter haben ein
ästhetisches und logisches Vermögen.

Der letzte Zweck des Forschers ist, was sich nicht erklären,
nicht in deutliche Begriffe zwingen läßt — und folglich nicht
zum Ressort der Vernunft gehört. Ich halte mich jetzo an das
sichtbare Element — ich meine Sprache. Ohne Worte keine
Sprache, wie Young schon sagt: Speech thought's canal!
Speech thought's criterion too!
Von geschichtlicher Überlieferung und Tradition, von der
heiligen Empirie die Vernunft zu purifizieren ist arg, aber
die Vernunft von der Sprache zu purifizieren ist undenk-
bar, weil die Sprache Medium und Organ der Vernunft ist.
*Nur Laute und Buchstaben sind die reinen Formen apriori**
und die wahren, ästhetischen Elemente aller menschlichen
Erkenntnis und Vernunft. Was also ist die hochgelobte
Vernunft mit ihrer Allgemeinheit, Unfehlbarkeit, Über-
schwenglichkeit, Gewißheit und Evidenz? Ein Ölgötze. Wer
immer nur diesem Ölgötzen und den technischen Gestellen,
die sie erfindet, anhängt wie ein tumber Greis, wird dereinst
selbst abhängig von den Gestellen, selbst ein Gestell,
menschlich ein Nichts, nihil, nothing. Technikgläubigkeit ist
seichte Metaphysik, ist, verzeihen Sie mir dieses Wörtchen,
Nihilismus.

---

* Nach Kant unabhängig von Erfahrung allgemeingültige, notwendige
Erkenntnisse.

*Ich weiß auch nicht, lieber verehrungswürdiger Freund, ob
Sie mich verstehen, was ich Ihnen von meinem Lager aus ins
Ohr sage und hier zusammenleime. Für die Dächer gehört es
noch nicht. Ein anderes Mal mehr davon! Aber, so darf ich
doch hoffend sagen: Mir dämmert der Morgen einer reichen
und glücklichen Zukunft, die ich mich, bester Gevatter, be-
eilen muß anzutreten.*

Vergeßt nicht den treu sorgenden

Johann Georg Hamann

Kant, der Herr des Zeitalters, noch benommen vom Glück
der Publikation seiner «Kritik der reinen Vernunft», nimmt
eine schon bald publizierte Rezension aus Hamanns Feder
zum Anlaß, um das Verhältnis abkühlen zu lassen.

Vergessen der Augenblick des reinen Gefühls? Vergessen die Minuten, da die Welt in Kants Arbeitszimmer
neu erstand? Einfach vergessen? Kann man so herzlos
sein, so unempfindlich, so kategorisch? So preußisch?

Der kleine große Kant erträgt es nicht, kritisiert zu
werden. Er liest die Kritik einmal. Er liest sie ein zweites
Mal. Er legt sie ab. Aber es ist durchaus nicht die Kritik
allein, die zum Bruch führt, und dennoch nuschelt Kant:
«Ich kann nichts mehr für ihn tun!»

Warum? Sieht er nicht, was aus Hamann wird? Alle
Hoffnungen, die Hamann sich macht, bleiben Skizzen in
Wolken.

Weil Hamann nicht um das Ende der Geschichte weiß,
ahnt er auch nicht, woran es gelegen. Er kann nichts und

niemanden mehr für sein Unglück verantwortlich machen. Jetzt scheint er seines eigenen Glückes Schmied zu sein – und offenbar ein schlechter.

Während der letzten Jahre zieht sich Hamann immer häufiger in seine Gehirnkammerbibliothek zurück, läßt aus alter Vertrautheit nur einmal wöchentlich Lampe zu sich, schließt sonst bereits morgens mit einem schweren Schlüssel hinter sich ab, liest, sortiert, inventarisiert und sucht im Wald der Zitate das eine treffende Wort, das Zauberwort, das die Sinnlichkeit der Sprache fühlbar machen soll, den einen glühenden Ausdruck, der das Geplapper und Gerede der Jahrhunderte aufzuwiegen und die kalten Begriffspyramiden, die auf dem Fundament der Scherbe ruhen, einzuschmelzen vermag. Hamann will den Karneval, die Fleischeslust, den ewigen Jahrmarkt der Sprache inszenieren. Will die Epiphanie der Sprache feiern. Will Sprache inkarnieren. Aber seine Sprache tanzt nicht mehr. Hopst nur. Findet keinen Takt. Er schreibt zwar noch, aber er schreibt nicht mehr zum reinen Vergnügen, glaubt er doch, jedes neue falsche Wort, und beinahe jedes neue Wort ist falsch!, würde die Sprache weiter entstellen. Trotz besessener Lektüre und irrsinniger Arbeitswut gelingt es ihm nicht, die Flut der wabernden Sprache einzudämmen und zu verdichten. Die Regale in seinem Kopf ächzen und stöhnen, bis schließlich ein Regal umfällt.

«Schlagfluß», diagnostizieren die Ärzte im fernen Münster, wo Hamann, bei Freunden weilend, der Tod ereilt.

Kant wird Hamann um sechzehn Jahre überleben.

Sechzehn Jahre hat der große Kant allein mit seinem Geheimnis leben müssen …

Kant ist spät dran, denn die Köchin hat ihn nicht geweckt, schließlich ist Lampe zurück. Aber Lampe schläft selig seinen Rausch aus.

«Im Zustand der Betrunkenheit ist der Mensch nur wie ein Tier, nicht als Mensch, zu behandeln; durch die Überladung mit Speisen und in einem solchen Zustande ist er für Handlungen, wozu Gewandtheit und Überlegung im Gebrauch seiner Kräfte erfordert wird, auf eine gewisse Zeit gelähmt», notiert Kant gewohnt pedantisch als Ergebnis der letzten Nacht, noch immer verärgert über die eigene Zügellosigkeit. Dann erhebt er sich, geht noch einmal zur Glasharmonika, um die Scherbe in Augenschein zu nehmen.

Und jetzt Achtung! Sie sehen Kant, wie er stockt, sich verstohlen umblickt, hören ihn klopfen, sehen, wie er einen Gegenstand mit aller Macht auf den Boden wirft und dann, dann sehen Sie, wie Kant in den Gegenstand hineinbeißt, aber ein leiser Fluch (den ich nicht zitiere) läßt ahnen, wie widerständig der Gegenstand ist, ein Schneidezahn bricht schließlich mit einem häßlichen Geräusch ab und hinterläßt eine klaffende Lücke in Kants Physiognomie, sofern er lacht. (Von jetzt an lacht Kant noch seltener aus vollem Hals.)

Sie erraten es richtig. Die Scherbe. Und wie Sie sicher schon vermutet haben: Der Bruch von gestern abend ist narbenfrei verheilt.

Kant tastet mit der pelzigen Zunge nach seinem abgebrochenen Zahn. Dieser Zahn ist so sicher abgebrochen wie die Scherbe wieder ganz ist. Einer alten Gewohnheit entsprechend atmet Kant mit offenem Mund tief ein, um dem erschütterten und offensichtlich noch vom Restalkohol vernebelten Verstand mehr Sauerstoff zuzuführen, fühlt dann den Puls und buchstabiert laut seinen Namen: KA A EN TE, hört man. Er schließt die Augen, zählt bis fünfzehn, öffnet sie erneut. Der gleiche Eindruck. Noch immer ist die Scherbe unversehrt.

«Die Glasharmonika macht offensichtlich betrunken wie ein Glas Wein. Alkohol. Der Schlaf der Vernunft», murmelt Kant.

Dann eilt er zum Sekretär, ergreift die Feder, und wenn Sie ihm über die Schulter sehen, können Sie lesen: «Die erste der Erniedrigungen durch Alkohol wird dadurch verführerisch, daß eine Weile geträumte Glückseligkeit und Sorgenfreiheit, ja wohl auch eingebildete Stärke hervorgebracht wird.» Punkt.

Jetzt steht Kant auf. Jetzt kniet Kant vor dem Sekretär. Jetzt hören Sie einen tiefen Seufzer. Im untersten Fach links, ganz hinten, unter einem Stapel Papier, der ersten Manuskriptfassung der «Kritik der reinen Vernunft», wird die Scherbe schließlich vergraben. (Jährlich am Johannistag wird er sie hervorholen, kopfschüttelnd betrachten und anschließend wieder dort deponieren.) Dann tritt er ans Fenster. Regentropfen rinnen die Scheibe hinunter, als würden die Noten der Partitur von gestern abend sich in Wasser auflösen.

Niemals hat Kant dem Hamann gegenüber auch nur eine Andeutung über das dramatische Finale gemacht.

Und Lampe?

«Lampe, wo bleibt Er denn?» Kant, mit merklicher Ungeduld in der Stimme.

«Hier bin ich», flötet Lampe, noch immer bester Laune. Vielleicht wartet Lampe sogar auf das Angebot des Du. Vielleicht ist ihm das Du sogar gestern angeboten worden und wird jetzt stillschweigend wieder entzogen. (Wie nach Betriebsfesten üblich.)

«Nun, Lampe, ich bin ein wenig unzufrieden mit der Führung des Haushalts. Ich muß Ihn wohl rügen. Mit dem Reisen hat es nun ein Ende. Schicke Er sich wieder in den Alltag. Handle Er so, daß seine Arbeit mir das Leben erleichtere. Hat Er verstanden? Und schaffe Er mir diese Maschine aus den Augen.»

«Jawoll.» Der Dienerreflex funktioniert noch immer. Aber Lampe denkt: «Degradiert. Ich bin degradiert worden. Ich bin wieder nur der einfache Grenadier Lampe.» Mit einem Gefühl tiefer Niedergeschlagenheit, matt und kraftlos, verläßt er das Zimmer.

Lampe tut sich schwer, seine alte Rolle neu zu kostümieren, nächtelang malt und skizziert er, geht tagsüber unkonzentriert zu Werke (zwei der besten Weingläser gehen an einem Tag zu Bruch!) und sucht zuweilen bei Hamann, dessen erste Euphorie schnell in Melancholie umschlägt («Heute bade ich wieder in Schwarz, liebster

Martin!»), Trost. Vielleicht spürt er auch, wie Kant nach Möglichkeiten sucht, ihn loszuwerden. Wer suchet, der findet:

1. Lampe hat den größten Walnußbaum im Garten gefällt, um daraus das Gehäuse für die Glasharmonika zu zimmern. Diese Untat, Kant denkt wirklich «Untat», glaubt Kant Lampe nicht verzeihen zu können.

2. Mußte Lampe wirklich die schönsten Perlmuttknöpfe aus Kants bestem Rüschenhemd für die Verzierung des Rahmens zweckentfremden?

3. Hatte Lampe unbedingt die Antriebswelle aus dem Kaminbesteck schmieden müssen? Seitdem, so will es Kant scheinen, wird es nur mäßig warm in der guten Stube.

4. Bleibt schließlich noch Lampes fortwährende Blässe, ein untrügliches Indiz dafür, daß er noch immer infiziert sein muß. Lampe ist ein Ansteckungsherd, und den muß man isolieren.

Vier gute Gründe. Hinreichend und notwendig.
Also hinweg, Lampe.

Seine letzten Jahre verbringt Lampe, von Kant schon bald mit einer mäßigen Pension entlassen, wie alle großen Erfinder in einer kleinen Wohnung zwischen seinen Papieren, zuletzt, nach Hamanns frühem Tod, vereinsamt und verbittert. Seine Aufzeichnungen, Konvolute, Instrumente und Maschinen haben wegen folgender Ereignisse leider nicht überlebt:

Zwar ist Lampes Wohnung eng und sogar ein bißchen schäbig, aber Lampe achtet peinlich auf Sauberkeit, fegt und wischt täglich die Böden, putzt sie weiter herunter, poliert die Werkzeuge, als habe er das königliche Silber in Händen, und ordnet sie in Kästen ein, die er mit kleinen Messingschildern versieht. (In dem aus hartem Nußholz gefertigten Kasten befinden sich die Uhrmacherwerkzeuge, die Lampe erst letzte Woche angeschafft hat: die feine Beißzange, Bürste, Lederpolierfeile, Zapfenreibahle, Kornzange und Gangfeile. Daneben befindet sich der Kasten mit Kröseleisen und Bleihammer, aber leidet fehlt das Messingschildchen, das Auskunft geben könnte, wofür Lampe diese Werkzeuge benötigt.)

Schon nach wenigen Wochen erinnert Lampes Tagesablauf verdächtig an den von Kant. Eine Koppelung von Uhr- und Hammerwerk weckt Lampe pünktlich um viertel vor fünf. «Nur noch ein Viertelstündchen», brummt Lampe dann, aber eine vorsorglich eingebaute Weckwiederholung zwingt ihn um fünf Uhr zum aufrechten Gang. Dann zieht er einen gelben Schlafrock über (es ist Kants alter Schlafrock, den er «übernommen» und mit einigen Sternen verziert hat, um ihn Mesmers Gewand anzugleichen), setzt ein dreieckiges Hütchen auf, trinkt zwei Tassen schwachen Tee, raucht ein Pfeifchen, hängt weitschweifenden Gedanken nach – «Schellatto mit in Rum eingelegten Rosinen» –, bereitet sich gewissenhaft auf den Physikunterricht mit vier Kindern eines armen Wundarztes vor, studiert bis Mittag die neuesten physikalischen Veröffentlichungen und macht erste Experimente, kocht im Digestor eine Mahlzeit, lustwandelt zwischen sechs und sieben über den Philosophendamm zur Feste Friedrichsburg (Kant wählt, nachdem er wiederholt die hagere Gestalt von Lampe erspäht hat, einen anderen Weg), liest die Hartung'sche Zeitung, entwirft bis zehn Uhr neue Maschinen, löscht schließlich das Licht, legt sich nieder und schläft bei offenem Fenster schnell ein.

Einmal die Woche ißt Lampe bei Hamann, und die beiden fachsimpeln oft bis zur Dämmerung.

«Newton», hört man Hamann sagen, «die ganze Wissenschaft liegt in nuce bei Newton beschlossen.»

«Newton?» protestiert Lampe, «Er überschätzt die Theoretiker. Mitnichten. Watt gebührt die Ehre.»

«Ah, der einfältige Watt, der hatte nur Genie zum Schlosser», winkt Hamann ab. «Außerdem wollen wir nicht Johann Andreas Segner vergessen, war er es doch, der die Turbine erfunden.»

«Der Gerechtigkeit wegen, verehrter Johann, sollte man auch Thomas Newcomen erinnern, den Vater der Dampfmaschine», pariert Lampe, der vor Übereifer kaum Zeit zum Essen findet.

«Der Herr Frater lieben wohl die Engländer», lacht Hamann mit vollem Mund, «und warum wollen wir nicht gleich mit dem jungen Herrn die Wissenschaft beginnen lassen, der den Göttern einst das Feuer stahl?»

Lampe überhört die Ironie, ahnt auch nichts von der Reserve, die Hamann längst der Technikgläubigkeit gegenüber hegt. Und ob denn Hamann etwas von Galvanis Froschschenkelversuch gehört habe. «Tierische Elektrizität», betont Lampe mit vor Aufregung erhitzten Wangen. Aber Hamann assoziiert den tierischen Magnetismus und entschließt sich, die Rede auf ungefährlichere Gegenstände zu bringen: «Was fällt Ihm, liebster Martin, bei dem Namen Joseph Merlin ein?»

So geht es jede Woche. Aber es ist dieser Name, Merlin, der sich festsetzt, und jahrelang spukt Merlins Erfindung der Rollschuhe in Lampes Kopf herum, bis er schließlich – und endlich – eine grandiose Verbesserung ersinnt, die sich, wie jede Verbesserung, irgendwann (leider erst zweihundert Jahre später) auch durchsetzt.

Lampe sitzt auf dem Bett und schnürt sich die Stiefel. Keine gewöhnlichen Stiefel. Nur der Schaft erinnert noch an die alte Verwendung im preußischen Heer. Unter jeder Sohle hat Lampe vier Räder hintereinander montiert, eine Fortentwicklung der Rollschuhidee von Merlin, mit der er nächste Woche («Nächste Woche wird Er berühmt, Lampe») an die Öffentlichkeit treten will. Mit beiden Händen zieht Lampe sich am Bettpfosten hoch, gewinnt einen wackligen Stand, löst vorsichtig die linke Hand und stößt sich mit der rechten ab, rollt Richtung Tisch, rudert etwas ungraziös mit den Armen, touchiert den Türpfosten, macht einen von der Choreographie nicht vorgesehenen Ausfallschritt, verliert das Gleichgewicht und kracht in miserabler Haltung vornüber in einen Spiegel, dessen schwerer Rahmen auf die Petroleumlampe fällt, Papiere fangen Feuer, und schon bald steht das ganze Zimmer in Flammen.

Und Kant?

Kant, übrigens erschien er nicht an Lampes Grab, bleibt sich treu, trinkt nach jenem düsteren Morgen nie mehr als ein Glas Wein beim Essen, meidet auch künftig die körperliche Liebe, schläft selbstredend weiterhin bei offenem Fenster, arbeitet um des Arbeitens willen, schlachtet nebenbei die Forschungen Lampes aus («Metaphysische Anfangsgründe der Naturwissenschaften»), und zieht eine Dekade später einen Schlußstrich unter diese Affäre. Liest man genauer, dann spürt man freilich, wie unsicher Kant in diesen Fragen geblieben ist.

Einerseits denunziert er den Glauben an Wunder. «Der Glaube an Wunder lähmt die Vernunft in ihrem Forschen und vernichtet jedes Vertrauen auf die Gesetzlichkeit des Geschehens. In einer bezauberten Welt ist die Vernunft zu gar nichts nutze. Es verrät einen sträflichen Grad moralischen Unglaubens, wenn man den Vorschriften der Pflicht, wie sie ursprünglich ins Herz der Menschen durch Vernunft geschrieben sind, anders nicht hinreichende Autorität zugestehen will, als wenn sie noch dazu durch Wunder beglaubigt werden.»

Andererseits hält er, was viele Leser und Leserinnen seiner Schriften verstört hat, fürderhin an dem Gedanken fest, der Mensch sei von Natur aus radikal böse. Zwar beschimpft er die Lehre von der Erbsünde als die «unschicklichste Vorstellungsart», muß aber immerhin zugeben: «Für uns ist also kein begreiflicher Grund da, woher das moralische Böse in uns zuerst gekommen sein könnte.»

Die unschicklichste Handlungsart freilich war, die Scherbe mit ins Grab zu nehmen.

Von Altersgebrechen bleibt Kant lange verschont. Zeitlebens mager, wirkt er, wie sein erster Biograph Ludwig Ernst Borowski notiert, «zuletzt vertrocknet, wie eine Scherbe.»

Am Abend vor seinem Tod, ganz langsam zieht sich bereits die Wärme aus Kants Körper zurück, bedeutet er seinen Freunden, die an seinem Bett ausharren, er möge kurz unter vier Augen mit der Köchin sprechen. Beleidigt und leise murrend ziehen sich alle zurück und bitten die Köchin ins Schlafgemach. Lange schaut Kant ihr in die Augen und deutet dann mit letzter Kraft auf ein kleines Päckchen, das auf dem Sekretär liegt. Mehrmals setzt Kant an, bis er – leise, aber mit Nachdruck – die Sätze über die Lippen bringt: «Dieses Päckchen nähe Sie mir ein in mein Totenhemd. Habe ich Ihr Wort?» Die Köchin nickt, will noch etwas sagen, aber ihre Stimme versagt, schnell nimmt sie das Päckchen an sich, versteckt es unter ihrem Unterkleid und eilt hinaus. Kant schließt die Augen und öffnet sie bis zu seinem Ableben nicht noch einmal. Er hat genug von der Welt gesehen. Seine letzten Worte auf dem Sterbebett sollen gewesen sein: «Nicht alles läßt sich zermalmen.»

Bisher allerdings hat keiner der Biographen und Interpreten diese Worte richtig gedeutet.

Am 12. 2. 1804 stirbt Immanuel Kant preußisch, müde und lebenssatt.

Epilog: Viele Fragen offen

Soweit meine Rekonstruktion der unerhörten Begebenheit im Leben des Immanuel Kant, Königsberg.
Nicht alle Rätsel konnte ich lösen.

Wer etwa war der greise Russe, der dem ganz und gar
unfertigen Hamann in London die Verbindlichkeiten ab-
kaufte?

Obwohl ich alle Listen der russischen Gesandten jener
Jahre, die mir zugänglich waren, durchgesehen habe,
konnte ich diese Person nicht mit Sicherheit identifizie-
ren, zumal die Auskünfte oft mehr als zweifelhaft sind.
So will eine Notiz – ich habe sie im Archiv des russischen
Seefahrtsamtes aufgestöbert, einer exzentrischen Archi-
varin mußte ich Versprechungen machen, die jetzt, nach
der Öffnung der Grenzen, sogar von mir eingefordert
werden könnten, was ich damals natürlich nicht bedach-
te, aber ich schweife ab –, eine Notiz also will es wahrscheinlich machen, der für die Schiffahrt im fraglichen
Zeitraum zuständige Gesandte sei ein beliebter Komö-
diendichter und Puppenspieler gewesen, dem der Zar aus
Dankbarkeit (Dankbarkeit wofür?) diese Aufgabe über-
trug. Weil aber keine russische Bibliothek Stücke des dort
genannten Namens verzeichnet, bleibt es bei einer vagen
Vermutung.

Noch schwerwiegender scheint mir folgende (moralische) Frage zu sein: Hat Kant nicht Hamann und seinen

treuen Diener Lampe durch sein Schweigen um die Zukunft betrogen? Was hätte nicht aus beiden werden können!

Ich weiß, diese Frage erinnert an die peinlichen Vorwürfe enttäuschter Mittelklasseeltern, aber war es nicht der Bildungsphilister Kant höchstpersönlich, der diese Sorge wie ein Schutzschild vor sich herschob, als ihm durch den Wein die Zunge gelöst wurde? Er war es, der jede Entwicklung seiner Getreuen aus Borniertheit verhinderte!

Hamann hätte, aus der selbstverschuldeten Unmündigkeit erwacht, wahrscheinlich, höchstwahrscheinlich!, einen letzten Versuch unternommen. Wäre er sich selbst treu geblieben, so hätte er das *eine* Buch geschrieben, vielleicht das «Kopfkissenbuch», von dem er einmal sprach, vielleicht ein letztes Blatt, eine Zeile nur, einen bildersatten und sinnenfreudigen Text, oder das eine treffende Wort, le mot propre, das die Sünde der kalten Verstandestechnik abträgt. Dann wäre die Scherbe zu Blütenstaub zerfallen.

Und wenn Kant nicht geschwiegen und Lampe gefördert hätte, dann würden wir heute mit großem finanziellen Aufwand den zweihundertsten Todestag des größten Polytechnikers des achtzehnten Jahrhunderts vorbereiten. Lampes Publizitätswert wäre höher als der Kants. Dessen bin ich mir sicher. (Und vielleicht dürfte ich mir berechtigte Hoffnungen machen, die Ausstellung auszurichten. Wahrscheinlich wäre ich Lampianer geworden.)

In der vorletzten Woche – ich korrigierte bereits die

Fahnen vom Verlag – ist eine neue, extrem schwierige Frage aufgetaucht. Seit vielen Monaten wandert das Romanmanuskript offensichtlich von Hand zu Hand, denn obwohl mir jede Freundin versicherte, es nicht auszuleihen, werde ich von Leuten angesprochen, die ich allenfalls flüchtig kenne. Eine Bekannte von Britta – Britta gewährte mir vor Jahren für gewisse von mir geleistete Übersetzungsdienste einen Reisekostenzuschuß – hatte, wie sie selbst sagte, eine Entdeckung gemacht. Ich reagierte auf die aufgeregt vorgetragene Neuigkeit zunächst arrogant reserviert, wollte nur einen kurzen gönnerhaften Blick werfen auf die mitgebrachte Kopie einer Denkschrift der Kaiserlichen Akademie der Wissenschaften: Slavische Beiträge zu den biblischen Apokryphen, von einem gewissen V. Jagič verfaßt, veröffentlicht Wien 1893. Aber die rot markierten Stellen weckten sofort mein ermüdetes und abgeschaltetes Forscherhirn. Ich habe noch in der Nacht mit der Bekannten vom Institut für slawische Sprachen – leider war auch sie sehr exzentrisch – die Texte durchgearbeitet. Und in der Tat. Die Bekannte von Britta hatte sich nicht geirrt. Diese Texte zeigten eindeutige Übereinstimmungen mit den Träumen des Geistersehers! Zufall? Wohl kaum. Hat der Züricher Lavater vielleicht (unwissentlich?) aus dieser Quelle zitiert? Oder verdankte der schwedische Geisterseher seine Inspiration dieser biblischen Apokryphe? (Derzeit halte ich die erste Variante für wahrscheinlich.)

Leider blieb mir keine Zeit, die Texte genauer zu prüfen. Nur soviel ist sicher: Daß die Scherbe in Kants Grab tatsächlich das besagte Chirographum ist, darf jetzt mit guten Gründen vermutet werden. Ein zweiter Grubengang in die Archive scheint also unumgänglich. Ich wäre zu einem zweiten Grubengang bereit, sofern denn meine plötzlich aufgetretene Stauballergie erfolgreich behandelt werden kann.

Die Klärung dieser Frage nach dem bösen Ding an sich dürfte für die Bewältigung der Fragen im anstehenden nächsten Jahrtausend nicht unerheblich sein. Vielleicht gelingt es sogar der Wissenschaft, eine Methode zu entwickeln, die Scherbe definitiv zu zerstören.

Ich habe übrigens bereits eine Idee.

Anmerkungen des Autors

Die philosophischen Hauptfiguren dieses Romans haben mich über viele Jahre begleitet. Hamann blieb mir immer die liebste unter ihnen. Die kundige Leserin und der kundige Leser werden die Freiheiten bemerken, die ich mir bei der Gestaltung der Figuren und der biographischen Daten genommen habe.

Ich danke meinem Lektor Karl Heinz Bittel, der mich ermuntert hat, diesen Roman zu schreiben. Mein italienischer Freund und Übersetzer Giovanni Gurisatti machte viele Vorschläge während fröhlicher Treffen im heißen italienischen Sommer. Margit Schönberger hat mein ausuferndes Spiel mit Anachronismen kräftig reguliert. Jörg Köppen, Almuth Hammer, Christian Senkel, Markus Buntfuß und Uta Noll danke ich für Anregungen, Details und sorgfältige Lektüre. Meine erste und wichtigste Leserin war wie immer Dini Kortman-Huizing. Auf den Theologus electricus bin ich durch Ernst Benz aufmerksam geworden. Gewidmet ist dieser Roman meinen beiden Töchtern, die ihren Weg in die Mündigkeit suchen.

Personal

Immanuel Kant (1724–1804), einer der größten deutschsprachigen Philosophen; Hauptwerke: Kritik der reinen Vernunft (1781); Kritik der praktischen Vernunft (1788); Kritik der Urteilskraft (1790); Die Religion innerhalb der Grenzen der bloßen Vernunft (1793).

Johann Georg Hamann (1730–1788); Schriftsteller und scharfsinnigster Kritiker Kants; Hauptwerke: Sokratische Denkwürdigkeiten (1759); Kreuzzüge des Philologen, darin: Aesthetica in nuce (1762); Metakritik über den Purismus der Vernunft (1784).

Johann Caspar Lavater (1741–1801); Schweizer Pfarrer und Schriftsteller; Hauptwerke: Aussichten in die Ewigkeit (1768–1773); Physiognomische Fragmente (1775–1778); Pontius Pilatus oder die Bibel im Kleinen und der Mensch im Großen (1782–1785).

Johann Gottfried Herder (1744–1803); Theologe und Dichter; Hauptwerke: Abhandlung über den Ursprung der Sprache (1772); Ideen zur Philosophie der Geschichte der Menschheit (1784–1791); Briefe zur Beförderung der Humanität (1793–1797).

Martin Lampe, Soldat im preußischen Heer, dann Diener Kants.

Prokop Divisch, Prämonstratenser und Forscher, erfand – wahrscheinlich noch vor Franklin – den Blitzableiter.

Denis Papin, Physiker und Arzt, konstruierte den Schnellkochtopf, sein Enkel arbeitete zeitgleich mit Watt an der Entwicklung der Dampfmaschine, blieb aber erfolglos und unbekannt.

Tiberio Cavallo, Physiker, baute erste Prototypen von Eismaschinen.

Franz Anton Mesmer, Mediziner, entdeckte den tierischen Magnetismus.

Die Abbildung des Kant-Schädels und die Zitate aus den Gutachten finden sich in: Ueber den Schädel Kants. Ein Beytrag zu Galls Hirn- und Schädellehre von Dr. Wilhelm Gottlieb

Kelch, Nachdruck Königsberg 1924, wiederabgedruckt in: Thomas de Quincey: Die letzten Tage des Immanuel Kant. München 1991. Die Predigt im ersten Teil ist eine Collage aus L. Sterne und J. Lavater. Die Briefe sind Centonen aus Briefen und häufig freie Erfindungen. Behutsam wurde die Schreibweise modernisiert. Die Noten für das Solo auf der Glasharmonika entstammen der Feder Mozarts, KV 356 (617a). Der deutsche Text der Bach-Kantate (BWV 26) lautet:

> Die Freude wird zur Traurigkeit,
> Die Schönheit fällt als eine Blume,
> Die größte Stärke wird geschwächt,
> Es ändert sich das Glück mit der Zeit,
> Bald ist es aus mit Ehr und Ruhme,
> Die Wissenschaft und was ein Mensch dichtet,
> Wird endlich durch das Grab vernichtet.